# 意林

# 高票好文
GAOPIAO HAOWEN

人间烟火气，可抚凡人心

《意林》编辑部　编

吉林摄影出版社
·长春·

## 图书在版编目（CIP）数据

人间烟火气，可抚凡人心 /《意林》编辑部编 . -- 长春：吉林摄影出版社，2023.5
（意林高票好文）
ISBN 978-7-5498-5789-0

Ⅰ. ①人… Ⅱ. ①意… Ⅲ. ①散文集—中国—当代Ⅳ. ① I267

中国国家版本馆 CIP 数据核字 (2023) 第 079013 号

### 意林高票好文·人间烟火气，可抚凡人心
YILIN GAOPIAO HAOWEN RENJIAN YANHUO QI KE FU FANREN XIN

| | |
|---|---|
| 出 版 人 | 车　强 |
| 主　　编 | 顾　平　杜普洲 |
| 责任编辑 | 王维夏 |
| 总 策 划 | 蔡　燕 |
| 统筹策划 | 邓志娟 |
| 设计总监 | 资　源 |
| 执行编辑 | 邓志娟 |
| 封面设计 | 金　宇 |
| 美术编辑 | 岳红波 |
| 发行总监 | 王俊杰 |
| 封面供图 | VEER图库 |
| 开　　本 | 700mm×1000mm 1/16 |
| 字　　数 | 150千字 |
| 印　　张 | 8 |
| 版　　次 | 2023年5月第1版 |
| 印　　次 | 2023年5月第1次印刷 |

| | |
|---|---|
| 出　　版 | 吉林摄影出版社 |
| 发　　行 | 吉林摄影出版社 |
| 地　　址 | 长春市净月高新技术开发区福祉大路5788号 |
| | 邮　编：130118 |
| 电　　话 | 总编办　0431-86012616 |
| | 发行科　0431-86012602 |
| 经　　销 | 全国各地新华书店 |
| 印　　刷 | 天津泰宇印务有限公司 |

| | | | |
|---|---|---|---|
| 书　号 | ISBN 978-7-5498-5789-0 | 定　价：| 20.00元 |

**版权所有　翻印必究**
（如发现印装质量问题，请与承印厂联系退换）

# 目录

| | | |
|---|---|---|
| 人间烟火气 | 王文一 | 001 |
| 只有吃，才能让我冷静 | 王小柔 | 002 |
| 扬州慢 | 朵　拉 | 003 |
| 杜甫爱鱼生 | 俞益萍 | 004 |
| 邀古人喝一场酒 | 李　晓 | 005 |
| "小菜" | 张苏华 | 006 |
| 量身定制的才是真正的灵魂美食 | 陈艳涛 | 007 |
| 鸭　子 | 南在南方 | 008 |
| 闲话大白菜 | 肖复兴 | 009 |
| 每个日常，都可以写成诗意 | 流念珠 | 010 |
| 为什么荷包蛋这么普通，却这么好吃 | 斯小乐 | 011 |
| 天空的城堡 | 王太生 | 012 |
| 苏轼和袁枚烹炒的萝卜谁的更好吃 | 林卫辉 | 013 |
| 水墨冬山 | 王　纯 | 014 |
| 炒一盘《诗经》里的青蔬 | 王太生 | 015 |
| 煮一锅冬天 | 曹春雷 | 016 |
| 午餐一随便，气势就垮了 | 淡淡淡蓝 | 017 |

# 目录

## 意林 高票好文

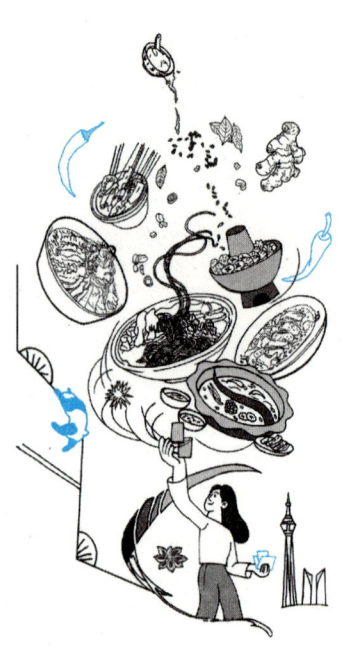

云片糕　　　　　　　　　　　　黄　磊　018
晒月亮　　　　　　　　　　　　池　莉　019
盒饭公主与排骨汤的故事　　　　曾　颖　020
一颗流油的咸蛋，是祖父的"芳华"记忆　申功晶　021
舌尖上的美味　　　　　　　　　史新会　022
春风过处　　　　　　　　　　　王畔政　023
奶奶炖的肉　　　　　　　　　　王久辛　024
炒螺蛳　　　　　　　　　　　　安　谅　025
曹婆婆的面　　　　　　　　　　明前茶　026
吃瓜，一口吃掉整个夏天　　　　近　云　027
那年夏天　　　　　　　　　　　虽　然　028
留一口给念想　　　　　　　　　梅　莉　029
火锅九宫格可不是摆设　　科普中国新媒体　030
四川的这趟火车，猪鸭鹅才是真正的乘客
　　　　　　　　　　　　　　　发财金刚　031
吃泡面也是一种美好生活　　　　闫　红　032
带着风声的花　　　　　　　　　刘成章　033
除了恋爱不吃大蒜　　　　　　　南在南方　034
螺蛳之味　　　　　　　　　　　陈荣力　035
白水煮一切　　　　　　　　　　九　人　036
学会做饭，是妈妈给的救命锦囊　凌公子　037

# 目录

| | | |
|---|---|---|
| 融在豆腐里的年味 | 桂孝树 | 038 |
| 抄手、云吞、馄饨馅儿里，都裹了些什么 | 张佳玮 | 039 |
| 喝了这碗羊汤，世界与我又何干 | 菜馍双全 | 040 |
| 带笤帚的小鸟 | 迟子建 | 041 |
| 云南的菜市场，有多野 | 国馆 | 042 |
| 在每一片树叶上推敲秋光 | 子聃 | 043 |
| 沧海一粟 | 安宁 | 044 |
| 风过有旧痕 | 王太生 | 045 |
| 一滴水经过了丽江 | 阿来 | 046 |
| 隐秘的美味 | 周华诚 | 047 |
| 深 味 | 张正旭 | 048 |
| 撞见南京的灵魂 | 苏童 | 049 |
| 别人城市的天气 | 王太生 | 050 |
| 喜欢不那么热情的店 | 肖遥 | 051 |
| 酸 橙 | 傅菲 | 052 |
| 掀开铁锅盖儿的那股惊喜，东北孩子都懂 | 王文静 | 053 |
| 口欲何患 | 夏昕 | 054 |
| 向稻子致敬 | 孙培用 | 055 |
| 满船清梦压星河 | 王春鸣 | 056 |

# 目录

| 小雪将雪 | 刘琪瑞 | 057 |
| 月光汤 | 徐 徐 | 058 |
| 草木恩典 | 子 聃 | 059 |
| 承认吧！和碳水最搭的还是碳水 | 饱 弟 | 060 |
| 弄花一岁，看花十日 | 冯 唐 | 061 |
| 赶海 | 钟友梅 | 062 |
| 秋天是场人间秀 | 章铜胜 | 063 |
| 怎样的"水土"才养人 | 游宇明 | 064 |
| 查干湖的冬梦 | 文 珍 | 065 |
| 炸鸡啤酒配初雪，电闪雷鸣配炎夏 | 静 思 | 066 |
| 雪夜涮羊肉 | 沈嘉禄 | 067 |
| 听秋 | 乔洪涛 | 068 |
| 看云 | 毕飞宇 | 069 |
| 睡在月光里 | 王 晓 | 070 |
| 风和人的情感一样 | 杨 绛 | 071 |
| 不过是一碗人间烟火 | 郭慕清 | 072 |
| 我撞上了秋天 | 郁达夫 | 073 |
| 不惊醒睡觉的蝴蝶 | 唐宝民 | 074 |
| 在家吃饭 | 张 鹰 | 075 |
| 收房 | 陈思安 | 076 |
| 不排队的餐厅不是好"网红" | 李 雅 | 077 |

# 目录

| | | |
|---|---|---|
| 大唐的春天太甜了 | 五柳七 | 078 |
| 这个冬天的命，是羊肉粉给的 | 周 情 | 079 |
| 父亲和那棵树 | 寇建斌 | 080 |
| 有一种治愈，叫冬天里晒晒太阳 | 摘星楼主 | 081 |
| 与稻花鱼捉迷藏 | 明前茶 | 082 |
| 卖板栗的父子 | 梁艳飞 | 083 |
| 赶年集 | 厉彦林 | 084 |
| 月照一天雪 | 米丽宏 | 085 |
| 冬读 | 刘世河 | 086 |
| 小雪落旧檐 | 赤 壁 | 087 |
| 河南人的起床闹铃，是一碗胡辣汤 | 莺 时 | 088 |
| 掉落林间的美好 | 迟子建 | 089 |
| 长冬有小趣 | 马亚伟 | 090 |
| 烤 鱼 | 王 族 | 091 |
| 爱得越来越小 | 崔修建 | 092 |
| 一碗温热的抄手，囿于碗底，馋在心上 | 谭 鑫 | 093 |
| 窄街出繁华 | 王太生 | 094 |
| "啊呜"一口生煎 | 欧 阳 | 095 |
| 一棵树的悼念 | 冯积岐 | 096 |
| 人间走遍却归耕 | 王春鸣 | 097 |
| 吃到这道菜，表示你可以走了 | beebee | 098 |

# 目录

| | | |
|---|---|---|
| 竹笋印象 | 仇士鹏 | 099 |
| 清凉琐忆 | 项丽敏 | 100 |
| 平价小吃——麻辣烫 | 巫昂 | 101 |
| 韭菜盒子，究竟有多香 | 近云 | 102 |
| 福州人：谈恋爱吗？我超甜 | 推推 | 103 |
| 锅气 | 梅莉 | 104 |
| 宁愿人生如钢刀，可斩不平可烹饪 | 李鲲 | 105 |
| 陪我吃包子吧 | 蔡要要 | 106 |
| 人间美味方便面 | 音乐水果 | 107 |
| 窗花舞 | 张金凤 | 108 |
| 艾香悠悠溢端午 | 钟芳 | 109 |
| 草有本心 | 彭根成 | 110 |
| 绵羊太子与佛堂羊肉 | 孟晖 | 111 |
| 雨滴和雨滴在大地上重逢 | 傅菲 | 112 |
| 坐慢船去旅行 | 王太生 | 113 |
| 一条大河的清明 | 王太生 | 114 |
| 客不带客 | 杨德振 | 115 |
| 蜂园 | 盛林 | 116 |
| 早饭搭子 | 宿亮 | 117 |
| 城之味 | 李晓 | 118 |
| 春风过处 | 王畔政 | 119 |

# 人间烟火气

□王文一

早晨上班,车载音响的随机循环突然唱起了《青花瓷》:"炊烟袅袅升起,隔江千万里……"听到这句的时候正好路过一家早餐店,包子出笼,整个店面都冒着蒸汽,我忽然想起了几十里外那个小村子里的炊烟。

故乡多山,虽不大却也将大地切割得支离破碎,家家户户都藏在山坳里。一条公路沿河而行,小路可以一直延伸到山沟沟的最深处,而村里的家家户户,就在这小路的两边。炊烟是不分彼此的。每到亭午日暮,或者晨光熹微,炊烟都会从家家户户的烟囱中轻轻巧巧地飘出来,然后融洽地汇聚到一起,变成一抹轻柔的云,低低地飘在村庄的上空。炊烟是不记仇的,就像村里的乡亲,虽然彼此偶尔会有一些口角,但是情绪从来不会隔夜。早晨起来烧火的时候你招呼我一声,我打趣你一句,很快便随着柴火进了灶膛,一把火烧过,就随着烟气杳无踪迹了。

炊烟是农村最美的一张名片。薄雾轻笼的早晨,一根根或细长或短粗的烟囱里,冒出淡淡蓝蓝的细腻烟雾,风吹过,这些仿佛蜃气好像雾霭的轻烟渐淡,最后消散无踪,这时候,村子终于脱去了如纱般的睡衣,彻彻底底清醒过来。而黄昏的炊烟,又有一种别样的艳丽。红彤彤的夕阳给小村镀了一层金边,这个时候,从错落有致的房顶袅袅升起的丝丝缕缕,在晚霞的照射下,缭绕在炊烟里的那个小村落,升腾着一种朴实,一种单纯,这烟就像这越发落寞的村落,古朴、恬静、温暖。在炊烟的呼唤下,人们或者行走,或者"突突"地开着蹦蹦车,从山间、田里、河畔顺着村道走回来,炊烟的方向,就是家的方向。

乡亲们或许不会关注司空见惯的炊烟,就像他们可能没有关注过家里那个总是起得很早,睡得很晚的女人。那个女人是老婆,是母亲。她们默默地见证着村庄最冷清的晨,熬着村庄最深沉的夜,却从来不会为自己的辛勤和劳累辩驳夸耀。正是因为有了这些女人的存在,这些小房子才会按时升腾起炊烟,才会有温暖的被窝和可口的饭菜,那是家的味道。

难怪中国古代文人无论桀骜还是恬淡,无论身归山野还是向往庙堂,在诗句中总会提及炊烟,悄悄地织构美好。比如陶渊明有"暧暧远人村,依依墟里烟",范成大有"指点炊烟隔莽苍,午餐应可寄前庄",蔡襄有"孤舟横笛向何处,竹外炊烟一两家"……炊烟就是人,就是家。有炊烟的地方,才是人间。

(图/小粒团)

# 只有吃,才能让我冷静

□王小柔

古人有"何以解忧,唯有杜康",抛开广告嫌疑,就是要告诉后人,吃吃喝喝才能让自己心情愉悦。

前几天,出了档事儿,弄得我心烦意乱,为了让自己冷静,我开始了食疗。

中午,陈完美推荐了麻辣小龙虾。她执意说,那是她吃到的最美味的小龙虾。我问她一顿吃几只,她把斜挎的包往后一甩:"我自己就能吃一盆!"这饭量像形容猪的。在那种情形下,我却很动容。我当即决定,咱俩必须点两盆!

我的心情,是看见小龙虾那一刻豁然开朗的。量太大了,一个钢盆,红辣椒似的小龙虾个个罗锅,弯腰谦卑地扎在花椒粒里。我刚要感慨,又上来一钢盆,半盆油荡漾了一会儿才平静,据说这盆不辣。你以为这两盆就结束了吗?错!这才刚刚开始。陈完美又点了一盆酱排骨,一大碗土豆泥,以及一盆蘸酱吃的乱七八糟的青菜。食材太扎实了,这饭馆怎么就不能买点盘子呢?

服务员给了塑料手套,那意思是你的手就别下油锅了。可是陈完美一把挡住了我要去拿手套的手:"别用那个,影响动作。"桌上摆的到底是假肢还是手套?在此之前,我是没吃过这东西的,嫌麻烦。可是,今天不是为了吃,是为了让自己安静!也不用推杯换盏,她直接把一盆辣的端到我眼前,再把不辣的一盆拽到自己面前,两人跟要洗脸似的,先把手伸进盆里搅和。实在太多了,还没吃,我就有点含糊。陈完美已经娴熟地掰脑袋了,还同时安慰:"别看多,就跟嗑瓜子一样,一会儿就都剩皮了,你一边吃一边冷静吧。"

我看着她,需要学一个吃进嘴的全过程。我很快就看明白了,掰脑袋,咔吧一声,溅出的汁呈点状糊住了我的眼镜片。我刚要拿餐巾纸,陈完美再次制止我:"吃这个必须戴眼镜,你知道这辣汁要跟眼药似的被滋进眼睛里多难受吗?"我使劲眨巴着眼睛,表示赞同。拿指甲抠住小龙虾的身体,一使劲,咔吧,皮上溅出的汁滋了我一脖子。当然了,因为我脖子短,胸口也是红色油点儿,跟T恤衫上起了一层痱子似的。

服务员跑过来递上两个空盆,让我们放皮用,时间恰到好处。真跟嗑瓜子似的,彼此无言,全是咔吧、咔吧的声音。我确实越来越冷静了,尽管心里火烧火燎,尽管眼镜基本变成了毛玻璃,尽管T恤衫由痱子变成出疹子,一想到已经这样了,干脆好好吃一顿吧,内心可敞亮了!

食疗的效果是强大的,我都没心思想别的了。分手的时候,我心满意足地跟陈完美说:"只有吃,才能让自己冷静。"

(图/小粒团)

# 扬州慢

□朵 拉

因为一首诗,爱上一座城。因为一座城,你很想去爱一个人。来到扬州,发现自己迟到了。要是再年轻一些,那一定要千方百计到扬州来谈一场恋爱。成功或失败并不重要,令人神往的是可以享受美好温柔的扬州慢。

那天上午,慢悠悠地,从街头走到巷尾;下午,又慢悠悠地,从巷尾走到街头。一个适宜漫步,缓缓地看、细细地感觉的城市。不管你抬眼或低眉,左瞧或右望,入眼就见唐诗和宋词。

写了"故人西辞黄鹤楼,烟花三月下扬州"的李白早在千年前约我们春暖时分到扬州,阳历五月,春花绚丽绽开时,蒙蒙细雨中,迷离雨雾间,宋人王观的《卜算子》浮上心头:"水是眼波横,山是眉峰聚,欲问行人去那边?眉眼盈盈处。才始送春归,又送君归去。若到江南赶上春,千万和春住。"王观送友人鲍浩然到浙东的词,没写扬州,然而,也许一句"若到江南赶上春,千万和春住",令人向往,到扬州遇上春天,一定要在扬州住下,从容地和春天面对面相见。

早上先在瘦西湖边散步,带我们的小鱼儿说。"腰缠十万贯,骑鹤下扬州"是个幻境,我们前一天坐车来的,身上也没多少钱。

到扬州大学正门口的柳湖茶坊喝早茶,一进门见座无虚席,打破了我一直以为只有广州人和香港人才有饮早茶吃点心的习惯思维,原来扬州人的老话里早就有"早上皮包水"的享受。所谓的"皮包水"指的正是这一碗"轻轻提,慢慢移,先开窗,后喝汤"的汤包,每碗一个汤包配一个吸管,吃的时候先戳破汤包表皮,把饱含蟹黄和猪肉汁的鲜美汤水吸个精光,就吃好了。因为汤水才是这道菜的主题,包子皮不吃。要吃包子,好客的吴教授点了大汤包、五丁包、荠菜包共三种大包子,还有小汤包、牛肉、镇江肴肉、香菇、水饺等。其中五丁包为鸡丁、猪肉丁、虾仁丁、海参丁加笋丁,拌上卤汁,包在一起。

扬州的名菜还有苏东坡吃过后大呼"值那一死"的白烧河豚。清明节前的刀鱼,真是好吃。扬州人把清明节前的刀鱼当作"人间美味",对清明节后的河豚的赞语是"人间至味",更高一级,更胜一筹。唐朝诗人张祜来到扬州爱上扬州,爱得打算死在扬州:"十里长街市井连,月明桥上看神仙。人生只合扬州死,禅智山光好墓田。"诗不是我写的,我也还想活着,活着再来看扬州,扬州只来一两次,那是不够的。

这是一座无论走到哪儿都有机会和唐诗宋词相逢的城市,诗人说:"人生只爱扬州住,夹岸垂杨春气薰。自摘园花闲打扮,池边绿映水红裙。"人还没离开扬州,已经在梦想:什么时候再到扬州住几天。

(图/蝈菓猫)

# 杜甫爱鱼生

□俞益萍

很难相信,"刺身"曾经是我国的时髦菜。

《论语》中说"食不厌精,脍不厌细","脍"是生肉的意思,孔子认为刺身切得愈精细愈妙。由成语"脍炙人口"可知,生吃与火烧,正是当时最受欢迎的菜式。

鲈鱼片加香柔花拌酱油很著名,隋炀帝吃过大赞,此菜叫作"金齑玉脍"。

潮人吃潮菜,杜甫喜鱼生,曾写过"饔人受鱼鲛人手,洗鱼磨刀鱼眼红。无声细下飞碎雪,有骨已剁觜春葱"。至于为什么到了明清"脍"逐渐式微,原因已不可考,只能是口味改变吧。

古代人除了口味与现代人大有区别外,烹调技术亦不同。

我们一直引以为傲的中式铁镬,在春秋时期根本未出现,直到唐朝,仍然没有炒这一概念,自然没有炒菜这一烹饪方式。

那时候的蔬菜怎么吃呢?除了做汤菜,便是史书上常出现的"菹",即腌菜。

我们曾经是腌渍大国,当今云南等地还留有此风。到了宋朝,终于有铁锅及炒的记载,明清之时,技法大成,然后出现熘、爆、煸等烹饪方式。

四川人、湖南人、贵州人都吃得辣,但他们的祖宗未必如此。

明朝末年的《食宪鸿秘》中出现的"辣汤丝",用的是芥子花椒。

袁枚的《随园食单》,介绍香料的一节便没有辣椒的踪影。

辣椒到了明末才由南美传入我国,然后遍地开花。四川人吃辣的"传统"只有一百多年,在中国整个饮食历史中,只算小儿科。

看了这些资料,相信大家明白,假如有一天能够穿越回唐朝,看到那时候的食物,人们未必认得,亦未必吃得下。

即使如此,我们亦无须把一种模式、某种口味看得太重,中国菜的真正传统,便是去芜存菁,不断演化。

(图/兜子)

# 邀古人喝一场酒

□李 晓

如果相约古代的文人与我喝上一场酒，我可以开出一个长长的名单，他们从缥缈云端纷纷而下，与我把酒言欢倾诉衷肠，他们的面相犹如重逢故人的生动逼真。

一场黄昏时来临的铺天大雪，很快白了几座山头。我听见柴门外响起了狗吠声，这是唐朝的白居易来访了，他可是一个好酒友啊，他非常讲究喝酒的氛围营造，"绿蚁新醅酒，红泥小火炉。晚来天欲雪，能饮一杯无"。想一想，当披着一身雪花的朋友推开柴门，大雪压屋下，两个知心的老朋友你一杯我一杯，然后在雪夜茅屋下抵足而眠。

"身无彩凤双飞翼，心有灵犀一点通。"这是唐朝李商隐的诗，一般以为是写心心相印的爱情。你绝对没想到，这也是李商隐用来劝酒的诗，再现一下当年的场景：首句是"昨夜星辰昨夜风，画楼西畔桂堂东"，微风荡漾，酒宴就设在西楼，随后两句"身无彩凤双飞翼，心有灵犀一点通"，则是李商隐说，喝酒的朋友聊得投机，那就继续喝下去吧。

李白这个人，如果在唐朝遇见，从早到晚，感觉从身体中喷发而出的就是袅袅酒气。你看他在山中与友对酌："两人对酌山花开，一杯一杯复一杯。我醉欲眠卿且去，明朝有意抱琴来。"喝酒劝酒的境界何其洒脱浪漫。最著名的是那首《将进酒》："君不见黄河之水天上来，奔流到海不复回……五花马，千金裘，呼儿将出换美酒，与尔同销万古愁。"与友喝到高潮的李白这样大喊出声，来人啊，你只管端出酒来让我们喝个痛快，五花千里马、千金狐皮裘，快叫那侍儿拿去换来美酒，万古忧愁，在酒气蒸腾中烟消云散！更为了喝上一场酒，李白穿越迢迢山河去见汪伦，一场酒宴后汪伦在桃花潭的码头边踏足拍手唱起民歌送别，感动的李白由此写下了传诵千年的《赠汪伦》一诗。

还有宋朝的苏东坡，在喝酒的性情上，简直与李白一脉相承。看看苏东坡在一轮宋朝的明月下喝酒："明月几时有？把酒问青天。不知天上宫阙，今夕是何年……"后来他真是喝大了，在醉意阑珊中翩翩起舞，还忍不住发问：这摇晃的月色下，我的肉身是在人间，还是在天上宫阙里邀游？

再追溯到三国时期，看一代枭雄曹操与刘备的那次喝酒，那是一次煮酒论英雄的酒局。起初刘备战战兢兢，但在豪爽曹操的劝酒中，刘备也放开喝起来，曹操酒后说出了那句震惊历史天幕的话："今天下英雄，惟使君与操耳！"曹操还写有劝酒的诗，就是那豪气冲云霄的《短歌行》。"对酒当歌，人生几何……何以解忧，唯有杜康……"这样一场对饮，何其痛快淋漓！

（图/HHYM）

# "小菜"

□张苏华

在上海久了,对上海人家生活的讲究有了更深一层的感受。一天和一位阿姨聊天,得知她家原是当地农户,她说,晚上回去要烧三样小菜,外加一汤。菜是一大荤、一小荤,一个蔬菜。汤必须有的——"老头要吃酒",天天都是这样。她笑着对我说。

大荤、小荤,这是我到上海后才获得的新知。大荤指的是用纯鸡鸭鱼肉或者海鲜之类做的菜,譬如红烧肉、红烧鱼、白斩鸡等;小荤则指肉配菜模式,如肉丝茭白、青椒肉丝等。一顿饭,光有这些还不行,纯蔬菜是必有的。所谓清清爽爽,荤素搭配,这顿饭菜才吃得爽,"有劲"。

因此,上海人家每天一大早,顶顶重要的一件事,是到菜场采购全家一天的"小菜"。说是"小菜",其实包括了大荤、小荤所需的各种食材。

"小菜"是与酒店餐馆的"大餐"相对而言的,是指居家生活的家常菜,绝非几根小葱、一把青菜的"便宜的菜"。上海人家的小菜,样式多,味道好,质量高,讲究时令、时鲜、稀罕、口味和营养。若是来了客人或没来得及买菜,也有补救办法:到熟食店去买"熟小菜",什么酱鸭、烧鹅、叉烧、爆鱼、鸭胗、酱牛肉、油爆虾、狮子头……真是让人眼花缭乱。就连南京路、淮海路这样高端时尚的地段,走不了几步,也会不断有熟食店出现。

其实,你要是有机会来上海人家里吃饭,你会惊异于他们对生活,对吃饭,对每一餐"小菜"的认真、郑重。我的婆婆是宁波人,当年烧出的菜我觉得样样好吃无比。婆婆却说,姨妈(丈夫称为姨奶奶)烧的那才地道。也是,姨奶奶比起我的婆婆来,烧菜更加讲究。20世纪80年代,我第一次在姨奶奶家吃到"海苔花生""草头圈子"。后来在饭店里多次吃过,却怎么都无法与姨奶奶做的媲美。我还跟婆婆学过做蛋饺。先把鸡蛋打成蛋液,然后在一只直径六七厘米的铁勺里倒进蛋液,放到煤球炉火上,左手把勺子轻轻转一圈,蛋液就会薄薄地在勺子里形成一张蛋皮。接着,再把事先调制好的肉馅放进蛋皮的一边,轻轻将另一边折压过去把馅包住,一只蛋饺就做成了。做汤的时候放上几只,鲜嫩黄色的蛋饺浮在汤面上,又激食欲又提味。第一次吃虎皮鸡蛋,是在复旦大学的教师食堂。为什么叫"虎皮鸡蛋"?原来是把煮熟的鸡蛋先在油里炸过,再加上若干调料后烧煮,鸡蛋表皮起了一层褐色的皱,叫法形象,吃起来更香。把一只普普通通的鸡蛋做成这样,颠覆了我的认知。

其实,不厌其详,一丝不苟,追求把事情做好,做得精致,即使在做饭这样的日常上也不敷衍不苟且,是上海人的一种生活方式,是他们对待生活的态度。

(图/麦小片)

# 量身定制的才是真正的灵魂美食

□陈艳涛

《红楼梦》里大多数食物像营销文案，名字好听却不引人垂涎，但有一样本事，那就好像是量身定制的，每个人吃什么，都和这个人的面貌、个性妥妥地联系在一起。

怡红院里倚老卖老的李嬷嬷寻了事端骂袭人，凤姐来当调解员："你只说谁不好，我替你打他。我家里烧得滚热的野鸡，快来跟我吃酒去。""烧得滚热的野鸡"，新鲜、热辣、凡俗却最具诱惑力，就像没读过什么书，却独具个人魅力的凤姐。她的诨名，恰好就是凤辣子。

薛家的家宴则透出浓浓的家常和人情味。薛姨妈糟的鹅掌鸭信、热腾腾的酸笋鸡皮汤，还有碧粳粥，连茶都是"酽酽地"沏上来的。这可能是《红楼梦》里最开胃、最酸爽的一顿饭了，何况还可以敞开了喝酒，难怪宝玉不顾形象，痛喝了几碗汤，又一再不听劝阻地喝酒，让跟着他的李嬷嬷老大不高兴。

史湘云和宝钗整置的螃蟹宴，地点选在"芙蓉影破归兰桨，菱藕香深泻竹桥"的藕香榭，吃蟹时佐以合欢花浸的酒，吃完用"菊花叶儿、桂花蕊熏的绿豆面子"洗手。美食美景美酒，很讲究。但《金瓶梅》里潘金莲就嫌光吃螃蟹"有个什么意思，不如买只烧鸭来下酒"。西门庆吃的是"螃蟹鲜"："四十个大螃蟹，都是剔剥净了的，里边酿着肉，外用椒料、姜蒜米儿、团粉裹就，香油炸，酱油酿造过，香喷喷酥脆好食。"吴大舅尝过后夸奖说："我空痴长了五十二岁，并不知螃蟹这般造作，委的好吃！"——如此暴殄天物的做法，除了"造作"，想不出是什么道理。

贾母是富贵老人，爱吃甜烂食物：牛乳蒸羊羔、枣泥山药糕、藕粉桂花糖糕、松穰鹅油卷、奶油炸的各色小面馃……第五十四回元宵夜宴时凤姐预备的是鸭子肉粥和红枣熬的粳米粥，贾母不满意，说"不是油腻腻的就是甜的"。凤姐忙道："还有杏仁茶。"唉，连这个也是甜的——贾母的食物，不提也罢。病入膏肓的秦可卿，吃的是贾母派人送来的枣泥山药糕，"倒像克化得动似的"。第五十八回里病中的宝玉，却是饥饿疗法，以稀粥度日。晴雯都忍不住抱怨："已经好了，还不给两样清淡菜吃。这稀饭咸菜闹到多早晚？"

《金瓶梅》里众人吃的东西特别接地气。第二十六回，潘金莲、孟玉楼、李瓶儿三个人赌棋，李瓶儿输了后，拿出银子买了一坛金华酒、一个猪头连四只蹄子，交给仆妇宋蕙莲处理。宋蕙莲也不负众望，用一根柴火烧出五味俱全皮脱肉化的红烧猪头。

西门庆最爱吃的，是一种叫"酥油泡螺"的点心，据说"入口而化"，这样东西只有李瓶儿会做，李瓶儿死后，西门庆睹物思人，颇为伤感。

(图/吴敏)

# 鸭子

□南在南方

很多时候，鸭子总是有些诗意，比如苏东坡的"春江水暖鸭先知"。比如李白说，"遥看汉水鸭头绿，恰似葡萄初酦醅"。

鸭头绿着实好看，只是到后来成了隐喻，《水浒传》里写，十六七岁的郓哥提了一篮子梨想找西门庆，换几个钱孝顺老爹，别人指点说西门大官人正和潘金莲幽会，小孩家不醒事，还是找到王婆茶房，让王婆一顿栗暴，丢了果篮，一气之下去找武大郎。这小子真是齿利，借题发挥道："我前日要籴些麦稃，一地里没籴处，人都道你屋里有。"武大道："我屋里又不养鹅鸭，那里有这麦稃？""你说没麦稃，怎地栈得肥夯夯地，便颠倒提起你来也不妨，煮你在锅里也没气？"武大道："含鸟猢狲！倒骂得我好！我的老婆又不偷汉，我如何是鸭？"大约是拿鸭头上绿说事。

后来看鲁迅先生一篇文章写"鸭羹无味"，引了宋朝庄季裕《鸡肋编》中的一则：浙人以鸭儿为大讳。北人但知鸭羹虽甚热，亦无气。后至南方，乃始知鸭若只一雄，则虽合而无卵，须二三始有子，其以为讳者，盖为是耳，不在于无气也。这般看来，鸭头绿倒在其次，鸭的行为是主要的。

除却鸭头绿，鸭头丸也有名声，书法家王献之唯一传世的《鸭头丸帖》仅有十余字：鸭头丸，故不佳。明当必集，当与君相见。

鸭头丸是何物？李时珍记：其治阳水暴肿，面赤烦躁，喘急，小便涩，其效如神……用甜葶苈炒二两熬膏，汉防己末二两，以绿头鸭血同头全捣三千杵，丸梧子大。每木通汤下七十丸，日三服。一加猪苓一两。

更多时候，鸭子是吃的，吃法众多，这里引两则不同的。

一个是《山家清供》里记了一道菜叫素蒸鸭，引了一则故事说，唐相郑馀庆呼左右曰："处分厨家，烂蒸去毛，勿拗折项。"诸人相顾，以为必蒸鹅鸭之类。逡巡，舁抬盘出，酱醋亦极香新，良久就食，人前下粟米饭一碗，蒸葫芦一枚。相国食美，诸人强进而罢。这个故事好玩之处在于，害人好想，减了滋味，不是平素待客之道，许是宰相可以干的。

一个是《太平广记》说张易之兄弟三人，竞为豪侈。易之为大铁笼，置鹅鸭于其内，当中取起炭火，铜盆贮五味汁，鹅鸭绕火走，渴即饮汁，火炙痛即回，表里皆熟，毛落尽，肉赤烘烘乃死。他弟弟昌宗学他的法子烤驴。如此变态地吃，于心何忍？

我不喜欢吃鸭子，可能从小味蕾上没有记忆，鸭蛋是在外婆家吃出味道的，离家远，也不常得，只是在外吃鸭蛋时，总会想起。

这般，我看见鸭子，总是羡慕它们会游泳，如果它们肯一大群朝一个地方摇摆而去，趋之若鹜，其实很好看。

（图/兜子）

# 闲话大白菜

□肖复兴

冬天吃白菜,在我们国家有着悠久的历史。白菜最早出现在南北朝时期的南朝。在贾思勰的《齐民要术》中收录有白菜的吃法,叫作"菘根菹法"。菘即指大白菜,这说明吃白菜可以上溯至公元6世纪。

过去人们讲究吃霜菘雪韭,当然,霜菘雪韭,是把这种家常菜美化成诗的文人惯常的书写。不过,在霜雪漫天的冬季,大白菜和韭菜确实让人留恋。夜雨剪春韭,当然好,但冬韭更为难得,尤其在过去的年代里,冬韭属于棚子菜,价钱贵得很。春节包饺子,能够买上一小把,掺和在白菜馅里,点缀上那么一点儿绿,就已经很是难得了。

大白菜有多种吃法,一般人家多做的是醋熘白菜和邓先生说的"麻油调尔作羹汤"的白菜汤。醋熘白菜,我在家里常做。特别是刚从北大荒回北京的那一阵子,朋友来家做客,兜里兵力不足,就炒这道最便宜的醋熘白菜,吃起来谈不上"雪汁银浆舌底生",却也吃得不亦乐乎。

《燕京琐记》里特别推崇腌白菜,说"以盐洒白菜之上压之,谓之腌白菜,逾数日可食,色如象牙,爽若哀梨"。这是我看到的对腌白菜最美的赞美了。腌白菜对老北京人而言,是一种太普通的吃法,只是各家做法不尽相同。邓云乡先生在文章中介绍过他的做法:"把大白菜切成棋子块,用粗盐暴腌一两个钟头,去掉卤水,将滚烫的花椒油或辣椒油往里一倒,'嚓喇'一响,其香无比。"

《北平风物类征》一书引《都城琐记》,说到大白菜的另一种吃法:"白菜嫩心,椒盐蒸熟,晒干,可久藏至远,所谓京冬菜也。"这里说的是储存大白菜过冬的一种方法,即晾干菜。

大白菜,不仅仅是寻常百姓家的最爱。看溥仪的弟弟溥杰的夫人爱新觉罗·浩写的《食在宫廷》一书可知,皇宫里对大白菜一样青睐有加。这本书记录的清末几十种宫廷菜中,大白菜就有五种:肥鸡火熏白菜、栗子白菜、糖醋辣白菜、白菜汤、暴腌白菜。后四种,已经成为家常菜。前一种肥鸡火熏白菜,如今很少见。据说,是乾隆下江南时尝过此菜后喜爱,便将苏州名厨张东官带回北京,专门做这道菜。

在我的心目中,将吃剩下的白菜头,泡在浅浅的清水盘里,冒出来的那黄色的白菜花来,才是将大白菜提升到了最高的境界。特别是朔风呼叫大雪纷飞的冬天,明黄色的白菜花,明丽地开在窄小的房间里,让人格外喜欢,让人的心里感到温暖。

(图/吴敏)

# 每个日常，都可以写成诗意

□流念珠

日常，指平时常见的事物、常做的事情；诗意，则是用一种艺术方式对现实或想象的描述与自我感受的表达。难得的是，不少诗人将日常写成了诗意。

比如苍蝇，人人都不喜欢，因为它给日常生活带来了很大困扰。南宋诗人杨万里却写过一首关于苍蝇的诗，名叫《冻蝇》，内容十分可爱："隔窗偶见负暄蝇，双脚挼挲弄晓晴。日影欲移先会得，忽然飞落别窗声。"大意是隔着窗户偶然瞧见了一只正晒着太阳的苍蝇，它在不停地摩挲着脚。当太阳的影子快要移走时，它先感受到了，于是忽然飞落到别的纸窗上，并发出了轻微的声音。在杨万里的笔下，苍蝇能晒太阳能挠脚，还能跟着太阳的影子灵巧挪动，可谓机灵可爱。

唐朝诗人韩愈也挺有意思，他从日常掉牙现象出发，写了一首诗《落齿》："去年落一牙，今年落一齿。俄然落六七，落势殊未已。馀存皆动摇，尽落应始止。忆初落一时，但念豁可耻。及至落二三，始忧衰即死……因歌遂成诗，时用诧妻子。"这首诗很长，足足写了36句。韩愈最开始写自己落了一颗牙，然后哗啦哗啦落了很多颗。他想着，留存着的牙齿都已动摇了，看来总要到落尽才算完结。在诗文中间，他将人生与掉牙关联，发出各种各样的感慨。最后，他还不忘写上一句：因为歌咏落齿，就写成了这首诗，常常用它来给老妻和孩子们读一读，让他们惊笑一番。

白居易也喜欢用诗歌来表现日常，写了十来首览镜诗，是唐代诗人里览镜诗写得最多的人。不过，别的诗人多用览镜诗来感叹时间的流逝、悲伤的情怀，白居易却相反，他看到镜子里的自己那么老了，居然很高兴，写下了《览镜喜老》："今朝览明镜，须鬓尽成丝。行年六十四，安得不衰羸。亲属惜我老，相顾兴叹咨。而我独微笑，此意何人知。……尔辈且安坐，从容听我词。生若不足恋，老亦何足悲。生若苟可恋，老即生多时。"前几句写了白居易照镜子时的场景——大家都叹息他变老了，表达关心之意，只有他，在看到镜中胡须和鬓发已变白的自己时还微笑着。后几句，白居易开始奉劝大家：你们坐下来慢慢听我说，为什么我老了反而感到高兴。如果这个世界上没有什么可以留恋的，那老了也就不用悲伤；如果这个世界上有很多值得留恋的东西，那说明你在这个世界上已经活得很长了。你看，通过描写照镜子这个简单日常，白居易写出了自己的乐观豁达。

古今中外，总有人喜欢将人们不太关注的日常作为审美对象，观察、欣赏，然后写成诗意。

（图/孙小片）

# 为什么荷包蛋这么普通,却这么好吃

□斯小乐

天南地北,富贵贫穷,人间处处在吃蛋。荷包蛋是平凡日常中添色的一张奖状,清汤寡水的阳春面太寂寞了、只有咸菜相伴的白粥会显得落魄……"加个煎蛋吧"!这成为日常餐桌上最朴实无华和最真挚到位的关怀。

广东人的五柳酱炸蛋最是气宇轩昂。

简单廉价的食材并不能阻拦广东人展示他们狂拽炫酷的厨艺:旺火烧油,干净利落地倒入五六七八个蛋,一轮欢喜热闹的膨胀过后,蛋黄们被高温烘托得脂香暗透,蛋白逐渐翻滚出丝丝缕缕层层叠叠的焦黄酥脆金边,浇上一层木瓜丝、胡萝卜丝、青瓜丝、荞头丝、生姜丝做成的酸甜五柳酱料。

普通的几枚油锅煎蛋从此得到了众神祝福,重生出香脆软韧的迷人风韵,一口入魂。五柳蛋是深埋在广东人的记忆味蕾里的。浸透酸甜酱汁的油炸蛋可以撬开每个食欲不振、情绪低落的胃口。

到了湖南的餐桌,荷包蛋理所当然地摇身变得泼辣张狂。寻常湘菜馆子菜单上不常见炒荷包蛋这道菜,但跟厨房师傅交代一句青椒炒盘荷包蛋吧,掌勺的人往往能会心一笑,随即爆炒出一份油光润泽的人间香辣。遇上熟悉的大姐,还会特别关照地挖上两勺土制猪油到油锅,咸香辛香和猪油香把荷包蛋滋味浸润得饱满,口腔里能爆炸出璀璨烟花。

云南傣家人的荷包蛋是凉拌的:用手捏碎薄荷,碾碎大蒜、小米辣,再挤入青柠檬汁,于是澜沧江边的荷包蛋就有了新的性子,能腰肢曼摆地唱起清爽的小曲。

年轻女孩还喜欢往凉拌里加些西红柿,汨汨的汁液渗入蛋白气孔的缝隙间,这种超出常规的西红柿鸡蛋搭配,让人们在荷包蛋里吃到热情清新的活泼。

爸爸妈妈家传食谱里,还有酱油红烧荷包蛋,有和拆骨肉汤共煮的荷包蛋,有在鲫鱼汤里翻滚出雪白奶汤的荷包蛋……每只看起来很普通的荷包蛋,却都有自信的理由。

只要遇见懂的人,荷包蛋就不再是默默无闻的nobody,它们随时能跃身成为餐桌上光芒四射的主角。

深夜的面条总是喜欢有荷包蛋在旁的,煎得焦脆紧致的也好,蛋黄还不谙世事地四处窜动的也好,这一只只荷包蛋不仅是平凡生活里的奖旗,还是黑夜里的安全感,它不动声色地填充了餐桌上某种未达标的空白。

有荷包蛋在,就是生活还有一丝精致在,就是碗里还有肉在,有好日子的盼头在,有爱自己的希望在。

(图/豆薇)

# 天空的城堡

□王太生

冬天看鸟巢，内心是柔软的。人站风中，巢筑树上，一只一只高低错落，仰面看，宛若天空中的童话城堡。

鸟儿用来遮风避雨的栖息地，一个在夜晚睡觉和做梦的地方。不管质地咋样，它毕竟是一个舒服的窝。

童年观鸟，是在乡下。鸟巢结在苇秆上，这种根基不稳的巢，多数时候，随风摇晃。鸟儿信任芦荡中央，这万千青苇中的一株，它大概是觉得，没有比这更有韧性的苇，不会被水淹，只要把巢织结实，即便是风也不会轻易将它吹落，没有比这更安全、舒适的地方。

毛绒、粗糙，像一只碗，碗口仰面朝天，鸟儿从天空中回来，一屁股就坐在家里。虽然那时，我不知道里面住着什么鸟。

鸟巢，兼具力学与美学之美。一圈一圈的纬线，螺旋着上升，疏密得当，尤其外面一层，编织紧致，绝不拖泥带水，这一棵草，一根树枝，让人想到工程浩大，有着何其大的力量和耐心。

鸟雀们的天空城堡，它们构筑于树，所有巢口的方向，都是朝着天空的。有一次，在郊外，往一条大河走，杨树林如油画般斑斓。那些大大小小的鸟巢，高踞在大树之上。

巢是按照鸟的意思而建，带着鸟的设计、鸟的智慧。气质在于它的幕天席地、巧夺天工和荒野气息。

也有人为自己筑一"巢"，不受外界干扰。南宋刘国用的《鹊窠禅师图》，取材唐代杭州道林禅师南归途中，在西湖背面的秦望山，见一棵松树盘曲如盖，遂栖其上，一心礼佛的故事。古画显示，大师盘坐其间，一翘尾喜鹊口衔树枝，落在头顶，欲在乱发丛中筑巢，表达出禅修的无我境界。

大师慈悲，他容纳一只鸟，在自己头顶神态自若，人与鸟，鸟与人，相互为友，身心融入自然，物我两忘。

冬天早晨看鸟，想到寒雀，它们在冷风中飞翔，雪地里啁啾；夜晚，拥被而睡，人在被中，或捧书而读，恍若鸟巢。

在皖南古村，冬天山间寒气逼人。这里的好多人家都有一个船形木桶，恰好可容下一个大人，中间置一木炭火盆，极像"鸟巢"，女人坐在木桶里打着毛衣或哄着婴儿，老人则坐在里面闭目养神。

鸟巢始终是粗糙的，它像一只大果子结在树上，不离不弃；又像一本毛边书，写着关于鸟雀们的居住故事。

冬天野外，极喜欢枝丫间有一只鸟巢，茅草或者枯枝质地。看到它，视觉上不再是冰冷的，心情是明朗的，不管里面有没有鸟，总是让人心生爱意。

天空的城堡，那些"房子"里住着鸟儿，简单、安静、快乐，却又温暖而生动。

（图/蝠菓猫）

# 苏轼和袁枚烹炒的萝卜谁的更好吃

□林卫辉

"萝卜青菜，各有所爱"，这句话把蔬菜分成两类，一种是萝卜，一种是青菜，足见萝卜在全国人民心目中的崇高地位。

萝卜以出产自土层深厚，土质疏松，保水、保肥性能良好的沙壤土的为最好，符合以上气候、水分、土壤条件的地方，出产的萝卜不会差。广东清远连州城北、新会涯门镇甜水村的萝卜就是典型的优质产品，清甜无渣，或炖或炒，好吃得很！

萝卜带有一点辛辣，尤其是生萝卜，那是酵素反应的结果，这种反应会形成挥发性的芥子油。萝卜酵素大多位于表皮，去皮可缓和辛辣，烹煮也可使酵素失去活性，把辛辣味降至最低并带来甜味。芥子油虽带来不好的味觉体验，却能增加食欲，帮助消化，但也带来一个不雅的后果，就是放屁。

生吃萝卜，不仅容易放屁，还打嗝，上下一起来，确实有伤大雅。据汪朗先生考证，清末伺候慈禧的侍女，举止必须得体，身上不能有异味，打嗝放屁之类，更是严惩不贷，因此，皇宫里少有萝卜。

不过也有反例，据说武则天时期，洛阳城外菜地产了一个大约三尺的萝卜，上青下白，进贡给了武则天，武则天让御厨们用来做菜。厨师们用山珍海味熬汤底，萝卜切成细丝做成汤，武则天吃后大呼过瘾，说此萝卜胜燕窝，此为洛阳燕菜，现在还在洛阳水席中唱主角，无他，萝卜丝汤也。

萝卜在民间素有"小人参"的美称，"冬吃萝卜夏吃姜，不劳医生开药方"。一到冬天，萝卜便成了家家户户饭桌上的常客，现代营养学研究表明，萝卜营养丰富，含有丰富的碳水化合物和多种维生素。萝卜的膳食纤维，对身体好处大大的。我们追求萝卜清甜无渣，这个渣，就是膳食纤维。萝卜老了或者放久了，纤维会木质化，影响口感，但正是这些膳食纤维赋予了萝卜防癌抗癌的功效。

如何处理蔬菜的纤维素，苏东坡就试验了一番，还研发了一道"东坡羹"，做法如下：把大白菜、蔓菁、萝卜、荠菜挤出汁，菜汁和菜渣加点米，下生姜少许，用油碗盖上，入锅蒸。这是蒸菜饭，油水都没有，实在寡淡得很。苏东坡却满怀深情赋诗一首，名为《狄韶州煮蔓菁芦菔羹》，当是其落魄穷困之时的作品。从美食角度讲，清汤寡水，不可能好吃。

萝卜怎么做才好吃，千百年来研究得颇为透彻。大吃货袁枚推荐了一种"猪油煮萝卜"，做法如下：

用熟猪油炒萝卜，加虾米煨之，以极熟为度。临起加葱花，色如琥珀。

这比东坡羹不知好吃多少倍！

（图/孙小片）

# 水墨冬山

□王 纯

水墨冬山，最适合远观。尤其是在暮色苍茫时分，你会发现，朦胧的远山分明就是大自然的妙笔绘出的水墨画。我想，再高明的画家也描摹不出那种淡远的味道。那种味道只可意会，如果真的落到纸上，减一分则淡，增一分则浓，不容易拿捏分寸，总觉得欠缺点什么。淡青色的远山，逶迤而去，延伸到比远方更远的地方。群山蜿蜒，所呈现的线条时而突兀，时而平滑。运笔时而苍劲，时而柔和，富于变化之美。看山是山，山是简洁的线条勾勒出的山，是最纯粹的山。山的肌肤瘦了，只剩下骨骼。河流缄默，冬山无言，世界安然。冬天的山，褪去了七彩华衣，消瘦了丰腴的肌肤，所以更显得深沉博大、沉稳厚重。

天地空阔，是水墨画上大片的留白，更显出冬山悠远苍茫的味道。如果你凝视冬天的山，会觉得一颗心也慢慢变得简单了，所有的芜杂和烦扰统统抛远，只留素面和素心，朝向圣洁而神奇的大自然。

远山充满神秘的诱惑，也是我们追逐的诗和远方。当你与一座冬山近距离接触时，会发现有股寒意从山的深处传出来，让人战栗。辽远高天，水墨冬山。冬天的画幅用笔极为俭省，有留白，有枯笔。北方的冬天，许多动物逃得无影无踪，也把关于春天的线索带走，给整个冬天留下了大片的空白。到处是枯萎的草木，衰草枯败，枝丫横斜。即使有四季常青的松柏，它们的绿也早已改变了，从青绿改为苍老的深绿，深绿中还有一丝灰暗。冬山沉寂，满目萧然。偶有鸟儿在荒寂中飞过，不再呼朋引伴，显得那么寂寞冷清。我试图还原山间葱茏繁茂的昨天，心中忽然涌起一种苍凉悲怆的味道，草木一秋，匆促得似乎在转眼之间。这样的凋零，太突然了。我换了个思路，想象山间春来时的万物萌动，忽然又觉得冬山的每个角落都隐藏着希望。残枝之上隐藏着对春天的期待，枯草底下隐藏着对绿色的向往，鸟羽之间隐藏着对春天的渴盼……水墨冬山，意蕴无穷。

如果有雪落在冬山，便更添几分韵味。尤其是一场大雪之后，冬山睡在了皑皑白雪之下，仿佛进入一个长长的童话梦境。雪后冬山，是一幅淡到极致的水墨画，用笔惜墨如金。群山起起伏伏的曲线，被大雪修饰过，显得平滑温和了许多。我眼中的冬山是静态的，雪落冬山静无声。一切都是安静的，让人想到"千山鸟飞绝，万径人踪灭"的诗句，不过没有那种孤绝的氛围，雪后冬山给我的感觉是辽远的、开阔的。

天寒，地冻，冬山远。水墨冬山，有含蓄的诗情，有清淡的画意。冬天创作这样一幅写意画，是在展现"简"和"淡"的人生真味。

(图/豆薇)

# 炒一盘《诗经》里的青蔬

□王太生

古人吃过的菜,我们还在吃,它是世代的延续,生命的经络。

一千年前,古人已经吃芹菜;两千年前,古人开始吃落葵。

《诗经·鲁颂》中有一首《泮水》,开头写:"思乐泮水,薄采其芹。"意思是想起泮河很愉快,走到水边摘芹菜。"采其芹",是指水芹。

芹菜的吃法有很多。《遵生八笺》中说,"拌水芹须将菜入滚水焯熟,入清水漂着,临用时榨干,拌油方吃,菜色青翠不黑,又脆可口",口感绝佳。

芹菜可以清炒,清代袁枚喜欢用芹菜和鸡进行搭配,《随园食单》中记载了鸡丝的做法:"拆鸡为丝,加秋油、芥末、醋拌之。此杭州菜也。加笋加芹俱可。"还有一种野鸡的做法:"先用油灼拆丝,加酒、秋油、醋,同芹菜冷拌。"

我们还在吃落葵。起初并不知道落葵就是紫角叶,秦汉古书《尔雅·释草篇》中就有它姗姗生长的影子,其叶近似圆形,肥厚而黏滑,咀嚼有木耳的感觉。落葵有字面的儒雅,骨子里的民间本真。小时候,我不太喜欢紫角叶的清淡寡味,伏天缺菜,外婆就用紫角叶做菜。比如,紫角叶豆腐汤,形似翡翠白玉。也做凉拌菜,沸水焯烫,捞出过冷水,沥干水分,拌蒜蓉、酱油,叶色碧碧,口感肥厚。

胭脂豆,缀于落葵嫩绿叶茎上的珠果,呈紫黑色,星星点点。胭脂豆是不能吃的,小孩子拿在手里把玩,小手轻轻一捏,小珠果噗然而裂,紫色的汁液流了满手,就这样,一颗豆,在时光的挤压下悄然破裂。

破裂的胭脂豆,紫液四溢,可以饰美人面,点朱唇。胭脂豆,淡雅、恬静。读起来有一股婉约宋词的味道,让人想到几个古代女子:芸娘、李清照、董小宛。胭脂与美妙的文字一起,浸濡出一种意境,描摹出中国文人心目中最中意的柔美女子形象。浑圆的胭脂豆,在一张素笺上滚动,活色生香。

胭脂豆不同于相思豆。人在相思,豆是牵挂;胭脂豆则是一种植物,贮存于果浆中的一种饱满的紫色,与素面朝天相比,是美人对待生活的一种态度。

回望那丛碧绿的古代青蔬,落葵从历史的墙缝里,逸出一枝青绿叶蔓,低调内敛,不占地方,活得敦实,长相朴素。至于胭脂豆,则在时光的深处,轻盈滚动,它曾经搽抹过怎样俏丽动人的脸?胭脂豆不是花,但胭脂如花。

古人吃过的菜,我们还在吃。就像古人经历过的春夏秋冬,高山大河,酸甜苦辣,喜怒哀乐,我们还在经历,只是在不断重复前人经历过的一些事情。

(图/麦小片)

# 煮一锅冬天

□ 曹春雷

朋友问我这个冬天最想做的事是什么，我说，是在乡下，夜晚，与家人，或与二三知己，守着一炉火，吃我娘做的水煮菜。

这个愿望不难实现。因为在乡下，娘至今仍是守着火炉过冬的。刚入冬时，我买了两吨煤送回去，再将家里的火炉、烟筒都清理了一遍，娘很高兴，说，这个冬天再冷也不怕了。

是呢，有火炉呢，再冷也不怕。想一想啊，守着寒夜一炉火，该有多温暖——屋外寒风刺骨，树都冻得瑟瑟发抖，而屋内炉火正旺，一家人围着，说说笑笑。红的火苗舔着锅底，锅里的菜咕嘟咕嘟炖着，热气氤氲着香味，缭绕在灯光里。

在锅里炖着的，通常是大白菜。这是乡下冬天最常见的一道菜，但我百吃不厌。大白菜是自家菜园里的，入冬后都放进了菜窖里。想吃时，就下到菜窖里，拿出一棵，剥去外皮，鲜鲜的，就像刚从地里拔出来似的。水呢，是山泉水。村子跟前是座小山，山上有处泉。村里人集资买了水管，水便流下来，流入各家各户。水很甜，我在异乡喝过很多种矿泉水，但都没有我们村里的水好喝。

炖白菜时，还会掺上粉条、粉皮，这是用红薯造的。一到冬天，卖粉条的小贩就会来村里吆喝，不用拿钱买，拿出自家在秋天晒起来的红薯干换就行。泉水炖出来的白菜粉条，吃起来美不可言。

有时候，锅里的菜也会换些内容。譬如水煮豆腐，譬如水煮鱼。鱼现吃现捞，想吃了，就在白日里带着渔网，到村南已经封冻的河上，用石头砸出一个洞来，投下网去，再洒下鱼食，那些鱼便闻香而来。将网一收，提着鱼回家去，一番收拾后，投进沸腾的锅里。山泉水煮出来的鱼，鲜而美。这样煮着时，家里的大花猫会立在炉下，仰着头，一个劲地喵呜，撵也撵不走。不怪它，只怪这香味太诱人。

菜在炉里，边炖边吃，一家人围炉而坐。这是真正的吃"火锅"。你一筷子我一筷子吃着，你一言我一语说着。一顿饭，吃得热气腾腾。父亲在世时，通常是要喝上一茶碗酒的，酒在茶碗里，而茶碗在大海碗的热水里，温得热热的，散发着香味。

最美的时候，是在雪天。屋内，炉子的火苗呼呼响着，锅里的菜咕嘟咕嘟炖着，屋外，雪扑簌簌地落着。守着一炉火，什么也不说，什么也不去想，只是静静地听。这样的冬夜，不管外面的世界有多热闹，或有多寂寞，此刻都与我们无关。

乡下的冬天，就是这样一道热腾腾的水煮菜，平淡，但并不乏味；悠长，但并不寂寥。慢慢品味着，细细咀嚼着，然后在某一天里，只是一个转眼间，面前就春暖花开了。

（图／麦小片）

# 午餐一随便，气势就垮了

□淡淡淡蓝

最近我偏爱用电饭煲做卤味，相较于其他厨具，电饭煲的优势在于：既免去了烟熏火燎，又不用时刻在灶台守着。我让牛肉在汤汁里浸泡了两小时，取出后放冰箱冷藏。早上起来切了十来片放在保鲜盒里，又用另一个保鲜盒装了一点汤汁。心思缜密的我早就有了完美的安排：上班路上会路过菜市场，我只要提前几分钟出门，拐进菜场买湿面条，再买一小把香菜就万事皆备。当然，我也可以带一些挂面，但挂面哪有湿面好吃呢。

就这样，我给自己准备的午餐，这一碗活色生香的牛肉面，让我一向"随便应付"的午餐熠熠生辉，也让我这一天的工作都有了与众不同的激情。

吃上牛肉面之后，思维立刻变得开阔活跃。我的午餐开始走上了高光时刻。我计划每天都准备出不同的花样。汤面、拌面、馒头稀饭、水饺馄饨、南瓜玉米粗粮和白米饭混搭出一周食谱。晚上炖了排骨汤，我就先盛一碗出来，第二天再切一条年糕，洗两棵小青菜切好装盒，中午用养生壶的养生汤功能嘟嘟嘟煮上五分钟，寒风骤降的日子里，这一碗热气腾腾的排骨年糕汤是能给人慰藉的。

其实以前我也不是认真吃好每一顿饭的人。促使我认真对待午餐的，是人到中年后每一次的体检单。

有一天读黎戈的书，她写她妈妈是一个"翻译"：她能把一切情境都译成家庭。她让她爸住院时的病房越来越像家：搁架上的电饭煲在煮米饭，洗手间擦拭得一尘不染，她妈妈迎着阳光在窗户下补衣服。她带女儿皮皮去医院探病，妈妈自自然然地把皮皮的小辫子解开，打开热水给她洗头，细细地梳通，皮皮坐在病房的露台上晒头发，而她，一进病房就想换睡衣。

看到这里，觉得很温暖。"理论不能给我们精神力量，而生活家和行动家却能"。我又有些喜滋滋的，我和她妈妈多少有些相似。

几年前妈妈住院的时候，我也带了一堆日用品去陪护，不仅带了棉被，还带了垫被，哪怕是一晚也不想应付。同样，为了配得上我的牛肉面，我特意带了我喜欢的樱花汤碗放在公司，还挑选了一只漂亮的波点盘子，可以在吃意面的时候用。用上了美丽的餐具，我的午餐就多了一点正式感，显得没那么随便。大多数时候，人一随便气势就垮了，气势一垮就显得特别凄惨。这凄惨也会影响到一整天的心情。

看法国记者泰松的日记《在西伯利亚森林中》，他说："烹饪食物，照料身体，就像把拥有任何点滴幸福的可能性赋予了自己。"彼时，我正在茶水间吃自己煮的雪菜肉丸米线，幸福的滋味正悄悄在舌尖蔓延绽放。

（图/熊LALA）

# 云片糕

□黄 磊

在江南，云片糕是喜气的代名词。

切得薄薄的云片糕从红色的包装纸中拿出来，置于白瓷盘子里，看着便有一种温暖的喜悦。一般它的出现，是为主人升学升官，取其谐音，谓之"高升"，或是生子祝寿，便是"高寿"。云片糕是喜事里的常客，是过年里的鞭炮，春天里的桃红，逢场必不落下，才得以圆满。

面食在江南不作口粮，成了一种消遣调剂的美食。食品一旦不为果腹，便想着花样来做，力求精致漂亮。南方的糕点于是繁复、花哨，细致如艺术品，内有乾坤，吃起来也非同寻常，夹杂了各式水果蔬菜、荤腥素食的精华，看得人忍不住唇舌大动，咽下口水。

云片糕则没有那么讲究，是一份难得实用的糕点。粗朴如浓春的绿、初秋的风，只是让人舒坦。用糯米炒到熟透，磨粉过筛，直到精致如细雪，白糖也如此一般，细细碾磨过筛，直到捏在手里如烟云一般，绵软轻柔。还有猪油，以及各色香料等，掺和拌匀，碾压成形，方方正正的。再由切片的师傅执锋利的大方刀，那刀极宽且平整，缓缓切下去，将那方方正正的面块分解如薄纸一般，又粘连在一起，不松散开来。吃时方慢慢撕下一片，筋道十足，入口却软糯如绵，化为唇齿之间的甜蜜。而云片糕制作完毕不能放置太久，久了，便干如树皮，实在难以下咽。

如此一看，说是粗朴，却好似将精致藏了起来。所有材料都极为考究，而刀工也要求到了极致。做出来的云片糕，才是真的漂亮。这多少有点像金庸小说里的武功到了极致，便是"大巧无工"，其实哪里是无工，只是熟练后，将这些"工"都藏了起来，不是粗鄙的显摆，也不是刻意的炫耀，那是人生的另一种境界。

张爱玲说自己小时候经常梦见吃云片糕，吃着吃着就变成了纸，除了涩，还有一种难堪的怅惘。有一年，我南下就业，父亲的好友买来两副云片糕送来，寓意吉祥，饱含期望，父亲很开心，甚是感谢。只是那云片糕已经存放太久，虽没有过期，却已难以下咽。那一刻突然想起了张爱玲说的这段话，不禁呆住了，岁月带给我们很多回忆，也同样带走了很多东西，一去不返，那于我是一段往事，于时代而言，也只是平静地滑过去一个时代——细究才看到那些细细裂开的纹理，镌在了时光的印记中。

（图/孙小片）

# 晒月亮

□池 莉

常熟有一座山，叫作虞山。虞山有一座寺，叫作兴福寺。兴福寺有一把年纪了，大约一千五百岁。寺内山坡上有一片竹林。竹林的特点是竹林里有一条曲径。曲径的特点是曲径被一个唐人写进了诗歌。诗歌的特点是到现在还非常动人和流行。我曾经好几次听见父母们教导幼儿背诵这首唐诗。有一次居然是在麦当劳快餐厅。这首诗歌我也记得，便是唐人常建的："清晨入古寺，初日照高林。曲径通幽处，禅房花木深。山光悦鸟性，潭影空人心。万籁此皆寂，惟闻钟磬音。"字是宋人米芾写的。米芾是湖北人，出了名的任性和疯狂，有洁癖，好奇装异服。性情渗透了笔墨，字是又诡异又憨厚，漂亮得出奇！

今年四月的一天，我就住在这首美丽的诗歌里面。清早起床，推开房门就是竹林。走在竹林的曲径上，梳着头发，根根发丝都飘向远方：唐朝和宋朝。忽然发现，美丽的东西是横截面，一旦美丽便永远美丽。真正的美丽绝不随着时间线性移动。美丽是不老的。

入夜，听慧云法师讲经。很自然地，人在这种时候就有了要求进步的愿望，就能坦坦然然地说话。不过我不知道自己进步了没有，这是需要时间才能够证明的。可以肯定的是，要求进步总比不思进取的好。努力了总比不努力的好。努力至少是一种健康的姿态。

夜深深，在寺内缓缓散步。看风中低语的古树，看树叶滑落潭水，看青苔暗侵石级，看夜鸟梦呓巢穴，看回廊结构出种种复杂的故事，看老藤椅凝思深夜的含蓄，看时间失去嘀嗒嘀嗒的声音，看僧人们的睡眠呈现一种寺庙独有的静寂。

看细细的茸毛在皮肤上悄悄生长，皮肤的质感因此变得柔和而华丽；看身体的条条曲线向着灵魂蜿蜒，欲念因此变得清晰；看你的眼睛里面有我的眼睛；看你的笑意包含我的笑意；看你的心情覆盖了我的心情；什么都看得见。在这一段时间里，每个人都变得很透明和很简单。不思不想，无忧无虑。所有的牙齿，都曾经被烟垢污染，不记得何时有过今夜的灿烂。一笑，就有月光闪烁。这月光注定会温暖日后漫长的生活。这就是兴福寺的月亮！

兴福寺的月亮是世界上唯一的月亮。因为它有兴福寺。它有兴福寺生长了千年的自然环境和人文环境。还有兴福寺的院墙作为我们获得某种特定感受的保障。兴福寺的月亮不是单纯的月亮，是成了精的月亮。是我们的月亮。因为我们已经是成年人了。

从离开兴福寺的那一刻起，我的等待就已经在悄悄蔓延。我会耐心地等待再一次的缘分和机会，能够再去兴福寺住几日。到了晚上，就出来晒月亮。

（图/陈明贵）

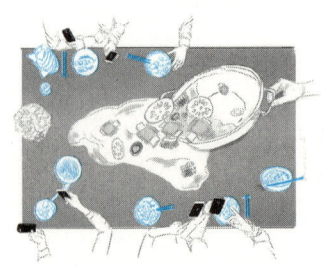

# 盒饭公主与排骨汤的故事

□曾 颖

同事小琳向我抱怨,说她的外公越来越不可理喻,上个星期她和妈妈一起回外公家吃饭,外公当着大家的面,把面前的一碗排骨藕汤给砸了。

我问:"你们当时是不是都在低头玩手机?"

"是啊!这有什么问题吗?""这就是问题!"

"当然,如果不相信,你先亲自做一次饭,请外公外婆来尝一次再说。"

我们约定,等下个星期她请外公外婆吃完饭,我们再来讨论这个话题。

小琳决定按我说的,做一份炖排骨,请外公外婆吃饭。

在菜市场逛第一圈,她就蒙了。看着菜摊上林林总总、色彩鲜亮的菜,肉架上琳琅满目的肉和水箱里活蹦乱跳的鱼,还有橱柜里那些闻所未闻的调料,她顿时有点像看到满地乱爬的千万只螃蟹,不知道该如何下手了。平时看到的菜都是成品,如今它们四散在菜市的各个角落,还真难找。想想外公外婆要从这乱糟糟的菜市上找出儿子、女儿、媳妇、女婿、孙子、外孙女喜欢的菜,将它们配制出来,还真不是件容易的事。老人家对孩子们喜欢的菜,一个调料都不会马虎和凑合。比如外公总是会去离家很远的超市买甜面酱,回来炒他们从小就喜欢吃的京酱肉丝,如果酱不对,他宁愿不炒。小琳买了中排,买完藕回家,把排骨和藕洗好切好,放到锅里,大火煮沸,转小火焖炖,不一会儿便满屋生香,加上灶台上电饭煲里吐出的滚滚饭香,把厨房映衬得仙雾缭绕。

但就在她以为大功告成准备揭锅尝一下胜利果实时,眼前的景象把她惊呆了:锅里的藕和排骨,外加汤,都变成了蓝黑色,像被人滴了墨水进去一样,虽然也香味扑鼻,但色彩和形状太像黑暗料理了,她不知道自己是哪道工序出了错,还是自己买到了富含异物的排骨或藕?

就在她踌躇着是否该消灭罪证,从头再做一次的时候,她受宠若惊的客人们已经到了,他们各自带了菜,反客为主地收拾完犯罪现场一般的厨房,半小时之内,将一桌香香的饭菜摆了出来。

小琳那碗黑暗版的藕汤,就摆在餐桌的正中央。外公告诉她,之所以发黑,是因为藕没有刮皮,虽然并不影响口味,但汤色受了影响。

那碗藕汤第一时间被消灭。看着外公外婆和爸爸妈妈幸福而满意的笑脸,小琳突然想哭。她知道,这份历尽周折最终并不完美的藕汤,只是最简单的一道菜,是爸爸妈妈外公外婆每天做给她吃的。至此,小琳渐渐明白,最微不足道的一道菜,里面包含的关于爱的信息,她一直没有读懂,或根本没有认真去读过。

(图/木木)

# 一颗流油的咸蛋，是祖父的"芳华"记忆

□申功晶

关于咸蛋这物什，早在南北朝时期的《齐民要术》中就有记载："浸鸭子（古代指鸭蛋）一月，煮而食之，酒食具用。"袁枚的《随园食单》中记载："腌蛋以高邮为佳，颜色红而油多。高文端公最喜食之。席间先夹取以敬客。放盘中，总宜切开带壳，黄白兼用；不可存黄去白，使味不全，油亦走散。"

我的家乡一入夏，小孩素有脖子上"挂咸蛋"的习俗。记得儿时，大人用五色丝线打好了络子，一大清早，挑上一个煮熟的咸鸭蛋，装在络子里，挂在自家孩子的胸前，寓意小孩不"疰夏"。等入了园，孩子们拿出各自的鸭蛋，玩起了"对对碰"。输家的咸蛋敲开，大家分着吃，而赢家的蛋则继续留着"战斗"。

近两年，还没正式入夏，父亲就着手腌制鸭蛋。他提着竹篮去菜场买生鲜鸭蛋，挑选椭圆、光滑、品相上好的麻鸭蛋。鸭蛋壳有青、白之分，生青壳蛋的鸭多为放养，自行觅食，吃的是湖里的螺蛳、鱼虾等活物，故营养价值更高。

先把生鲜鸭蛋一个个刷洗干净，然后进入下一道工序——腌渍。"贪图省事可以用盐水腌渍，但总不如黄泥腌制的香。"父亲的黄泥腌蛋，还加了一道秘料——草木灰，用花椒、食盐等作料熬一锅汤水，将黄泥溶开，和草木灰一起搅拌成泥浆，将鲜鸭蛋放白酒里滚一遍（用白酒滚过的鸭蛋才能出油），裹上盐泥，然后放草木灰里粘一下，逐个放入瓦罐内，将坛口封严。等上40天，就可以开吃了。父亲用草木灰腌制的咸蛋，蛋白不鲔，蛋黄也是稠稠的呈溏心状，入口即化，且空口吃，一点儿都不鲔。我很惊讶，没想到父亲还有这么一手。

其实，父亲这一手"草木灰咸蛋"绝活来自祖父的真传。很多年前，祖父为了改善伙食，挎上一个空竹篮，挨家挨户向当地村民收购新鲜鸭蛋。父亲说，祖父的咸蛋腌得刚好，蛋黄红沙流油，蛋白滑如凝脂，咸得点到即止，鲜得欲罢不能，就着一碗熬得稠稠的白粥，这大概是一家子在农村最奢侈幸福的事情了。咸蛋易保存不变质，可以从初夏吃到严冬。

祖父在最得意和最艰涩的年代，都是从容淡定的，他身体力行"唯美食与爱不可辜负"，有着积极乐观的生活态度。苦难来自外界，但坚强是骨子里的。它是一种长在血脉中的风骨与傲气，关乎一个人的尊严、坚强和拼搏。就算命运让他们失去了很多，他们依然可以靠这些内在的东西，改写命运，赢回尊重。

父亲曾道"我对咸蛋，有着一种特殊的感情"。它是"自己动手，丰衣足食"的劳动之乐，它是一家人相濡以沫的天伦之乐，它更是一段"芳华"记忆。

（图/孙小片）

# 舌尖上的美味

□史新会

黑油摊鸡蛋，是我童年最爱的美味。

那时，摊鸡蛋可不容易吃上。拾回的鸡蛋，母亲放在坛子里，她心里有数，糊弄不得。她早就盘算着：谁家媳妇坐月子了，谁家老人输液呢，这些都要送礼；亲戚朋友来家，得预备着炒盘鸡蛋；油盐酱醋快没了，得拿鸡蛋换钱去买……没是没非的，小孩子家想吃，没门。除非你有个头疼脑热。

母亲摊鸡蛋从不用大锅，粘锅燎灶的费油费柴。她用个铁勺子，比盛饭的勺子大一号，柄也长，黑黢黢、油脂麻花的。也不点灶，只在灶口前支上两块砖，架着铁勺子，撕把麦根儿一燎，勺子就热了，便倒油。油既非花生油、瓜子油，更不是色拉油，而是黑油，自家棉花籽儿榨的，黑乎乎，品相很差，但绝对绿色环保没污染。油烧到冒烟，打鸡蛋进去，"刺啦"一响，撒上些盐，用筷子一搅，再翻个个儿就成了。油汪汪、黄灿灿的黑油摊鸡蛋，用新烙的面饼一卷，一咬两嘴角流油，能香你一溜跟头。

惊蛰之后，大地解冻，百虫复苏，正是刨喇叭虫的好时候。喇叭虫有两种：一种是"黑老婆儿"，另一种是"大金豆子"。喇叭虫是鸡的美食，我把捉到的喇叭虫放在瓶子里。憋闷一夜，喇叭虫高度缺氧，头昏脑涨，倒在院子里，未及清醒就已成为鸡们的早餐。看着鸡们大快朵颐，我腰板也挺得笔直，仿佛立了大功一般，理直气壮地高喊："娘，给我摊个鸡蛋！"

黑油摊鸡蛋，真是让人回味无穷，至今想起，依然口舌生津。一次，我忍不住与对门同事马老师说起。马老师说："想吃吗？跟我回家，让你嫂子摊。家里长年备有黑油，专为摊鸡蛋。还有，黑油摊鸡蛋压咳嗽，是俺家的偏方。"黑油摊鸡蛋压咳嗽，这么多年真不知道它竟有这等功效。马老师狡黠一笑，娓娓道来："那时还年轻，在村里教学，晚饭稀汤寡水的两碗白粥，上完夜校已是大半夜，肚子早空了，饿得咕噜叫。这时，想起了早年的黑油摊鸡蛋，但家里孩子不少，妻子怎么舍得？可那馋虫就像弹簧，越压越往上爬。我计上心头，进门就不住声地咳嗽。妻子急问：'怎么了？吃点什么压压？''黑油摊鸡蛋压咳嗽，我家家传秘方，我从小就这个毛病。'我边说边咳。'这好办。'妻子出溜儿下炕，不一会儿，黑油摊鸡蛋就摆在面前。吃了一个还是压不住，她又摊一个……直到现在，我一咳嗽，就能吃上黑油摊鸡蛋。"说完，他哈哈大笑。我没有笑，良久，竟莫名其妙地冒出一句："你就幸福去吧！"

原来，这舌尖上的美味，也是一剂调制幸福的良方啊！

（图/麦小片）

# 春风过处

□王畔政

没有一种风比春风更令人陶醉。虽看不见，却无处不在。山川丘陵、江河湖海、田野森林、城市村庄，她都用温柔的手抚摸过。春风过处，万物葳蕤，生机勃勃。

北方四季泾渭分明，季节的风吹向大地，让人感受到时令的变迁、植物的荣枯。每当春风到来时，整个大地总会为之一振，苏醒，返青，拔节，生长。

春风是一寸一寸地来到的，她边走边为大地褪去寒衣，然后一点一点着上春色，直至冬衣褪尽，春色满园。燕子每到春天便会跟随春风按时返回村庄，寻找它曾经的家园。它们打扫干净亲手营造的巢房，白天在野外觅食，傍晚在村街上游戏。春风中，家雀在墙头嬉闹，鹁鸪鸟在屋脊上追逐，斑鸠在柳树枝头上下翻飞，上百只灰喜鹊在杨树、梧桐树的枝丫上安营扎寨，远远望去，一个个喜鹊的家在春风中摇曳。

麦田脱去叶片上的灰白，伸展开蜷缩的腰肢，将深绿色在田野里铺展。流水潺潺，小河是系在村庄胸前的绸带，更是大地的血脉。这里是鹅鸭的天堂，它们在河中觅食、嬉戏，还在河面上唱着"鹅鹅鹅""嘎嘎嘎"的歌。河边垂柳依依，那鹅黄色的芽苞，将河水映绿染黄。

柳笛一声天下春。孩子们争先恐后地折柳、做柳哨，然后吹着柳笛喇叭比赛。笛声嘹亮，或细腻婉转，或粗犷高亢，春天就这样被吹得绿意盎然。

刚从坡里回家的邻家大伯，背上的蜡条筐里盛着刚割下的鲜嫩韭菜。走在大街上，只听他远远地喊着，头刀子韭菜——无公害的！上前一闻，泥土的气味弥漫开来，正好可做晚饭的菜肴。隔壁院子里两棵香椿的枝丫上，早已冒出红绒绒的芽头。女主人轻轻掰下几枝嫩芽，用刀切成碎末，再打上鸡蛋搅匀，热油烧锅，下锅翻炒，香椿芽炒鸡蛋的香味飘向四方。

傍晚的村庄安详静谧。春风向晚，袭来暖暖春意。远处西山落日，霞光万道，近处炊烟袅袅，白云悠悠。小街整洁一新，小院氤氲着浓郁的烟火气息。晚饭后，乡邻们打开微信，聊会儿天，再看一看天南海北的信息。鸟归巢，鸡上宿，牛羊归圈。真是一派人间好景致。

(图/木木)

# 奶奶炖的肉

□王久辛

奶奶擅用砂锅炖肉，先把糖化好，翻炒糖色中便将各种调料依次掷入锅中，再翻炒；然后，续上水，放盐，盖盖儿，待开锅汤沸，倒入砂锅；文火，慢炖……

小时候，我一直不明白，为什么奶奶非要用这砂锅炖肉，而不直接用铁锅。奶奶说，铁锅生硬且隔，肉倒是可以炖熟，但锅与肉不相融，去不了腥，炖出的肉，味单且薄，吃起来不香；而砂锅炖出的肉就不一样了。砂锅的砂在高温中会与肉及调料相融，不仅去了腥，还有可能产生新的催化……不过，我们小时候很少吃肉，家里经济条件并不是很好。但是我们家有奶奶，她有绝对高明的办法，让我们总觉得家里有肉吃。让我至今都难忘的"肉皮黄豆萝卜菜酱冻"，我们家简称"肉冻"。每次，奶奶都会做一大砂锅，每顿饭，奶奶都会给我们盛上一盘子，那可真是好吃极了。

这个"肉冻"，不是纯粹的肉皮冻，而是以肉皮为主料，多种原料拼凑而成的一道美味菜肴。它是一道素菜，又是荤的。吃的是菜，却有肉的味道，这就是这道菜在那个吃不上肉的时代，让人吃了还想吃。

砂锅皮冻的做法不复杂，与炖肉差不多，只是先炖的不是肉，而是肉皮。每次买回肉，奶奶总要先把肉皮片（意同"削"）下来，挂在房前屋后晾晒，待积攒得多了，才琢磨着该做一回砂锅皮冻了。于是，将肉皮从墙头上取下来洗净，用热水泡上，待肉皮泡软后，再拿把小钳子或小镊子，将肉皮上的毛毛，一根一根地拔干净。

毛拔干净后，奶奶便把肉皮放入砂锅，续上大半锅水，端上炉子开始煮，直到把肉皮煮得熟熟的，汤也变成了乳白色的浓汤。注意呵，这个汤才是最重要的，熬成多少，就是多少，千万不敢再续水了。这时候，再用筷子将肉皮夹出来，放入准备好的凉白开中，待彻底凉了，取出放案板上切成丝，再放入锅里煮。汤再开了，就可以放切好的红白萝卜丁、藕丁、海带片、白菜截，还有一碗提前泡好的黄豆……最后，就是放大料、花椒、桂皮，倒酱油、放盐、放五香粉，总之，一切该放的都放完了，就剩下煮与炖了。

这中间，少不了要揭盖搅拌，因为放入的东西多了，就要严防煳锅底，当然，一时三刻，奶奶心中有数，到了时间，自然就会端着砂锅的双耳下炉，那自然也是皮冻做好之时，然而，最后一个步骤就是彻底放凉。

哦，我真就差点忘了交代了。我奶奶做砂锅皮冻时，一般都是晚饭后，做好，盖好，让爸爸端着砂锅的双耳出门，将之放在门外的窗台上，只能第二天中午享用了。而往后的一个多星期，我们家的饭菜便有了肉香味儿……

（图/蝈菓猫）

# 炒螺蛳

□安 谅

大雨滂沱。他从超市回来,身上雨水溅落;心里,也有点失落。把几个熟菜搁在桌上时,他还轻叹了一声:"今天竟没买到螺蛳!"

儿子瞅了瞅他,也瞅了瞅餐桌。不一会儿,套上外衣,拿着一把伞:"我出去一下。"房门合上,他半天没说出话来。

儿子真像当年的自己呀!埋头学习和工作,对家事和家人似乎漠不关心。

老父亲退休不久的一个冬至,晚餐时特意炒了一盘螺蛳。他知道这是父亲所爱,也是父亲的拿手好菜。可他吃这个嫌烦,所以,每次上炒螺蛳,几乎都不碰,三口两口扒完饭,就搁下饭碗,进自己的屋看书去了。

多年之后,他也身为人父了,对自己父亲的思念、歉疚越发强烈,那种"子欲养而亲不待"的痛,一直纠缠着他。每次想起父亲在世时,只要炒螺蛳,他不仅不碰,而且吃饭快到像要赶火车,把父母都扔在站台上似的,就难受,就后悔。当年怎么就那么不懂事呢?卧冰求鲤的故事,他都记得清清楚楚的。可根本不需要他卧冰求鲤,让他喝酒、吃螺蛳,他都没能让父亲称心如意!所以,连续几年的这一天,他会多炒一个螺蛳,喝着黄酒,还给父亲放了一副碗筷和酒盅,想和远在天堂的父亲好好聊聊。

儿子长大了,他把儿子送到国外读书,妻子也去了。怕儿子把中华文化都忘干净,他还时不时给他寄点国学相关的书。儿子在外学习不赖。去年生日,他收到了儿子发来的微信:"爸爸,生日快乐,祝身体健康,万事如意!"虽只短短一句话,语句平淡,他却高兴了好一阵子。儿子也20多岁了,开始懂事了吧。

去年的冬至,也是一个雨天。儿子假期在家。晚饭时,他特意多炒了一个螺蛳。他对儿子说:"坐下来,喝一杯吧。当年你爷爷就喜欢吃炒螺蛳,喝黄酒。"儿子回道:"几位同学在等着我呢。"说完,他拿着伞,推开门,就冲了出去。外边雨声哗哗,他默默看着儿子离去,无奈地摇了摇头。

没想到,今天又是同样的情形。下午出门时,他就叮嘱过儿子,晚上在家吃饭。他分明看到儿子瞥了他一眼,轻轻地"嗯"了一声。眼下,儿子却又撒腿走了,他站在窗前,看着窗外雨雾迷蒙,天色渐渐昏暗,无语凝噎。

半小时后,儿子带着一阵风雨,跨进了门槛,手里提着一个塑料袋。他接过,塑料袋里一个餐盒,取出,热乎乎的。打开一看,是香味扑鼻的炒螺蛳。

他眼眶一热,赶紧转过身去,捏起一只螺蛳吮吸,支吾着说道:"嗯,真香。"之后,好半天说不出话来……

(图/豆薇)

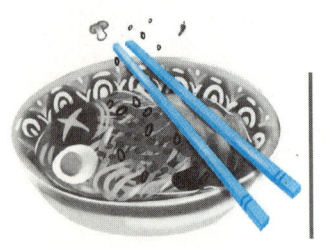

# 曹婆婆的面

□明前茶

曹婆婆在菜场旁开这家只有十平方米的小面馆，她是安徽宁国人，与菜场上专卖西红柿和甜椒的王伯是老乡。

卖菜人守摊一天，往往出门前来不及吃饭，要等到下午一两点顾客稀疏，才能吃到第一顿饭。王伯叫了一个月外面小餐馆的面，味精多，配料少，受不了，鼓励老乡曹婆婆出来开面馆，给菜贩们一碗"壮壮实实，可以扛大半天"的面吃。

曹婆婆想了两天，终于在离菜场只有十米远的地方，盘下店面开了个螺蛳壳大的小面馆，水牌上只有三种面：肉丝面、鸡蛋面、猪肝面，配菜每天都换，全看曹婆婆昨日傍晚在菜贩那里买到什么落市菜。买到菜秧，下菜秧面；买到青椒，下青椒面；买到瓠子和西红柿，下瓠子西红柿面；若是买到十来把豇豆，那得等上20天，才能吃到口舌生津的酸豇豆面。曹婆婆手巧，酸豇豆酸萝卜自己腌，豆瓣酱自己发酵自己炒，连小块皮肚都自己炸。顾客买了猪腿肉做绞肉，猪皮片下不要，肉贩子就送给曹婆婆，躲过她递钱过来的手，说："明儿我的面，加勺酸豇豆就成，压压这一案板的肉腥气。"

曹婆婆的面，从不放味精、老抽、荤油，下得清清爽爽，面像美人的髻子一样松松绾起，一丝不乱。上面盖着一大勺浇头，热气腾腾。她店里的水牌旁边特意挂着一个小木牌，上面用毛笔字写着：烂糊面另嘱。意思是若是你点面的时候不说，面端上来一定刚刚断生，滚圆的面条咬开来，面芯子还是白的。曹婆婆有句口头禅：没有铁打的手脚和肠胃，做不了贩菜营生。她发现，菜贩子没有一碗面，是能一口气吃完的，往往划拉两口，不是要接待散客，就是要招呼附近饭店着急忙慌来补货的大客户。面稍微下软点，这一来一去就泡烂了，叫人毫无胃口。因此，汤醇，油滚，面有骨子，是曹婆婆百试百灵的口味。

面下出来，曹婆婆秒速放进一个双层篾篮，挎上，给菜贩们一一送到摊位上。菜贩们伸出皲裂的大手接过，笑道："闻见曹姐的面，才晓得饿。"曹婆婆忽起顽皮心，回道："等明儿我关了门回乡下了，看你们吃什么！"菜贩们都嘻嘻发笑，知道曹婆婆嘴硬心软，18年的牵肠挂肚，她放不下他们，他们也放不下她。

这不，听说贩卖小龙虾的摊贩，忙了两个月都没赶上吃一碗龙虾面，曹婆婆得了空，立刻称了5斤小个头的青壳龙虾在处理，虾仁归虾仁，虾脑归虾脑，准备等会儿，趁那卖虾摊主穿校服的儿子回来了，就给那家人送面去。曹婆婆说："总要让那孩子知道，有人看重你爹娘这一夏的忙碌，惦记着他们。他们这会儿忙得又黑又瘦，只剩两只眼睛精光发亮，这种吃苦精神，那孩子也应该看得到吧。"

（图/果酱的酱）

# 吃瓜，一口吃掉整个夏天

□近 云

记忆中的儿时，最惬意的夏日，大抵都与西瓜有关。一家人围坐在庭院里的夜晚，任凭风扇呼呼啦啦吹着，闷热总少不掉半分。大人们只想半闭着眼睛养神，小孩子们却又总是咿咿呀呀吵个不停。越吵越热，越歇越燥，然后，大人就会喊一声："抱个西瓜来吃吧。"孩子们就瞬间安静下来，用期待的眼神和吞咽的口水等待那颗圆滚滚的尤物。

顶级的西瓜享受，莫过于抱着偌大的半个西瓜，用勺子挖出一个个圆球，香甜可口，汁水可以毫不浪费地充盈于口腔。更重要的是，那种满足感油然而生，仿佛怀里抱着西瓜，热浪就永远追不上。

"下咽顿除烟火气，入齿便作冰雪声。"这是南宋文天祥在《西瓜吟》中对西瓜的称颂，想来吃西瓜求的便是冰雪声。可文天祥一定想不到，千年以后，我们手里的西瓜冰激凌、西瓜刨冰，就这样肆意成就了西瓜味的冰雪。夏日里，再没有什么比吃冰吃雪消暑更加直接了，而西瓜更让冰雪平添了几分柔媚，甘美清爽。

西瓜的心不仅徜徉着夏日的凉意，更是涌动着唯美的浪漫情怀。西瓜西米露，最俘少女心。原本素雅的牛奶西米露，几个西瓜球跃然于上，瞬间就变得生动，宛如寡淡生活中的小确幸，鲜活且意趣盎然。

眼见西瓜红在夏日里兴风作浪，碧绿的瓜皮也不甘落寞。去掉表层的硬皮，西瓜皮不需要多么华丽的转身就可以惊艳四座。比如，凉拌西瓜皮，细细切丝淋上酱汁，清爽别致，只是看着就有如清风拂面，夹一筷子放入口中，清脆爽利，瓜味十足。

如果仓促地就尝下初夏的第一口瓜，会不会觉得夏日开启得索然无味？直到看到朋友圈里晒出的各式花样西瓜，惊觉我还是太狭隘了，原来每一个西瓜都值得认真对待。曾有朋友对我说，西瓜承包了她夏日里最简单的幸福，不只吃瓜，更有买瓜。比如说，颇具仪式感的敲瓜。

实话说，真正会敲瓜的人不足十之一二，但买瓜的人百分百都会习惯性敲几下，仿佛那就是全国整齐划一的买瓜仪式感。但非专业人士，敲瓜真的让人云里雾里，大部分人敲那几下不过是投石问路。"老板，这瓜甜不甜？""甜，包沙包甜，不甜不沙不要钱。"但凡问卖西瓜的甜不甜，如果老板只回答甜，心里便会觉得空落落，只有那句不甜不沙不要钱才是真正的定心丸，让人欢天喜地把西瓜抱回家。

我一直都挺怀念小时候，大人带着孩子买下一两袋西瓜的豪气，更像是对着炽烈的日头无声地炫耀。回不去的从前，往昔不可追忆，唯有酷热不减当年，不管怎样，今年夏天，冰箱里半个西瓜是不能断的。

（图/月儿）

# 那年夏天

□虽 然

马拉着小山似的一车西瓜来到十字街,不待吆喝,人们闻风而至,聚到马车前。许多只手在圆滚滚的瓜上摸来摸去,其实再掂再拍也不过是冒充内行,像我父亲,左挑右选,挑了七八个大瓜,装在蛇皮袋子里拉回家,打开个瓜,熟,就吹嘘看瓜准;生呢,咳一声,凑合着吧,就当吃菜瓜黄瓜,什么瓜不是吃。

他挑的瓜绝对周正,歪瓜入不了他的眼。他得意地抄起刀,捺住瓜,稳稳地切下蒂部那一块皮,再松开手,用这块皮擦刀,擦了这一面擦那一面,两面全擦遍,免得刀的锈气渗入瓜内,影响口感。我们坐着枣木小凳,透过切口朝里看,猜这瓜的内部,像赌石的人透过开窗猜翡翠。切口若发阴,便是经了雨,水不唧唧的格外难吃。若发白,就是不熟。若是深粉,我们便放下了心。

我那时很不明白,他为什么对切瓜这么讲究,后来发现,不仅切瓜,他干别的也是追求好看,只要经他的手,他就朝美的方向努力。饼要擀圆,饺子要包得端庄漂亮,他最痛恨潦草和邋遢。吃罢西瓜收拾桌子,瓜皮扔进猪圈,扫起的瓜子也扔进去。瓜皮被猪嚼得嚓嚓脆响,瓜子被它踩进粪泥。粪起出后,搁置几天,粪堆上会长出瓜秧,这些秧出来得太早,随着粪撒入地里,也化作了肥料。倒是出来晚的有福,它们藏在地里偷偷长大,此时的棉花已打过三遍杈,专心地花开花落,结出一个又一个黑绿的棉桃,玉米有一人高,密密的叶子交织成青绿的纱帐,纱帐里点缀着深红的玉米缨子。此时人们轻易不去地里,于是瓜蔓缠绕,匍匐着开了花又结瓜,瓜还长大了。

每到地里,我们就穿梭着找这种瓜,找到是意外之喜。自家地里没有,就去别人家地里找。还真在邻家棉花地里找到过,很大一棵,灰绿的蔓子绵绵地蹿了两个畦,结着五六个大小不齐的瓜。我们把大的砸开,每人啃了几口,又把小的踹开,踢个粉碎。干了这件歹事兴高采烈地往回走,换回一顿暴晒。父亲让我们按大小个儿排着,站在地头晒太阳,晒得全身冒油。我妈边浇地边抽泣,每朝我们望一眼,抽泣就剧烈一分。父亲则蹲在阴凉里,怒气不息地看着腕上的手表数时间。

那年我9岁,晒了十几分钟,突然福至心灵,离开队伍,走到父亲跟前忏悔:"爸爸,我们错了。全怪我,没起个好头。让我一个人晒着吧,他们那么小,再晒就晒坏了,饶了他们吧。"这几句忏悔深深打动了父亲,他目中含泪,背着手大步走进玉米地,丢下一句:"都回来吧!"躲起来了。后来他对人讲:"我都没想到她会说出那样的话来,谁教的她?"

没人教。本能告诉我,忏悔或可赢得宽恕。我不过是以此逃避惩罚,现在想来,实在狡诈。

(图/果酱的酱)

# 留一口给念想

□梅 莉

去越南玩的时候,首先看见的是越航上穿奥黛的越南空姐,个个纤细袅娜身材,风摆杨柳腰肢,着实令人羡慕。

后来才知道,越南人吃得真少啊。

酒店的早餐,是品种丰富的自助餐,只见越南导游阿山就盛一小碗薄粥,加几条晒干的小毛鱼。于是,就很惊讶地问,你早饭就吃这么一点点?他说是的,越南人胃口很小,每顿饭都吃得很少。难怪,越南人多数是瘦子。

越南菜大都也是小巧得很,分量少。吃一碗著名的越南米粉,三下两下米粉就被捞完了,剩下的便是汤水。有人曾这样形容越南人请客:"有一天,越南朋友请我吃饭。我们五个人,她点了一碗饭。你没听错,一碗白米饭,然后用一个勺子——小勺子,不是饭勺——给我们每个人的碗里面,舀了一勺米饭。我震惊了,说我一个人就要吃两碗饭,现在你给我一个人吃一碗饭的五分之一?"我估计越南人的胃就是这样饿小的,后来,他们哪怕面对山珍海味,也吃不下很多了。越南人吃得虽然少,但用餐时间长,细嚼慢咽,对食物很虔诚,仿佛每一片菜叶他们都要仔细品尝出其中真味。导游阿山还很有哲理地说,最好的美食是食材新鲜,美食是需要慢慢品尝的,你不能一次吃太多,不然,下次你再吃时,它就变得不好吃了,要留一口给念想。

好吃的东西就拼命吃,直吃到断了念想,这样不仅吃相难看,还毁掉了美食的余味。记得我从前一直超爱吃榴梿,有次买来一大只,一下子急吼吼地吃光了,结果,几年不再碰榴梿。

如果好吃量又少,吃的人会因珍惜而不舍得一口气吃完,吃相自然而然地优雅起来。传说上海姑娘乘坐火车会带一只清蒸大闸蟹解闷,用吃蟹工具——蟹八件,一路细细地吃将下来,吃完之后,残壳剩肢仍能拼出螃蟹的模样,吃完一只蟹,火车刚好到站。你可以脑补下那幅画面,姑娘的吃相该是多么从容雅致呀!

(图/月儿)

# 火锅九宫格可不是摆设

□科普中国新媒体

你真的了解九宫格火锅吗？你知道怎么吃吗？

事实上，九宫格的前身是八个格子。最早的重庆火锅出现在重庆的码头，好的牛羊肉都被船运走了，不值钱的内脏被丢在码头，码头的劳工把这些东西捡回家，架起铁锅就开涮。一群陌生人坐在一起涮火锅，于是就把铁锅用几块铁皮隔成八格，这样大家就不用抢了。这种吃法在当时称作"水八块"。

可是，八个格子的隔断做起来不容易，后来，九宫格就取代了八个格子，而且，人们开发了九宫格的新功能——根据食材火候要求，分开烫。

看似简单，这里面的门道却很多。九宫格分成中心格、十字格、四角格，每个格子的火力、油温都不一样，面对不同的牛油浓度，不同的食材，就采用不同的方式煮。相同的食材烫煮位置和时间不同，口感也不同。

那么，具体是怎样的烫法？准备好火锅，跟着烫起来吧！正中间的格子，可谓火力全开，油温是最高的，这儿就是毛肚、鸭肠、肥牛的专属格子，快涮快熟，只需几秒，嫩到你飞起。

十字格稍显逊色，不过人家火力中等，油温也适中，涮丸子、虾滑、老肉片再合适不过，稍微等一等，它们就任你宰割！

四角格是火力最小、油温最低的，这四个格子适合慢慢煨熟的食材，什么脑花啦，鸭血啦，肥肠啦，放进去慢慢煮，等它们都入味后，隔壁桌的小孩都馋哭啦！

所以，你烫对了没？烫错的拿起筷子重烫！

(图/木木)

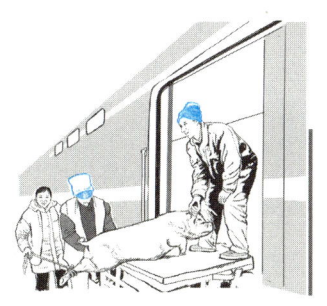

# 四川的这趟火车，猪鸭鹅才是真正的乘客

□发财金刚

在四川大凉山的山区里，每天都有一列火车，车上的主角不是人，而是动物。

遇到一群猪是常有的事情，当你试图分辨猪的哼哼噜噜声想表达什么时，列车员可能会提醒你前方到站，将上来一群羊。

这种体验不像是坐火车，更像是踏进了一座移动的农贸市场。

有人说这趟列车很牛，是因为他确实在列车上碰见了牛。除了上述提到的牲畜，这趟列车的旅客，还包括鸡鸭鹅，而且它们都不用买票，免费搭乘。

全程376公里的5633/5634次列车，共行驶11小时4分钟，沿途停靠26个站点。几乎将大凉山彝族的几大山区聚集地都串联了起来，由于公路交通不便，从铁轨通车那天起，50年来当地彝族人一直仰赖这趟火车和外界沟通。

为了方便当地人携带自己的农产品到其他地方去销售，这趟火车也是全国目前为止为数不多的几趟可以携带动物同行的火车。

一位乘坐十几年5633次列车的彝族羊倌，跟这趟列车的所有乘务员都快比亲兄弟姐妹还熟了，自从这趟绿皮慢车开放"牲口车厢"以来，他几乎每周都要跑上一趟，无论刮风下雨，从未间断。

有人说他是在火车上牧羊，他的羊怎么也想不到，能跟人一样享受到豪华宾馆式的乘车服务。

和牲畜上火车的阵仗不一样，其他农产品的上车方式显得相当低调，它们通常会被装在竹筐或者化肥袋里。为了放置这些大件农产品，每节车厢特地拆掉了两排座椅，腾出空间。而这个空间，往往会成为火车上讨价还价最激烈的所在。

一些经验老到的商贩，手持秤杆，在各节车厢游走，物色老乡手里的山货。有的农产品还没到站，命运就会被裁定，到底是卖到火车沿线上的哪个村，全看商贩的开价。恐怕没有哪个电商平台的农产品，比这里还贴近原产地，真正的农民自产自销。在火车上待一会儿会有一种感觉，似乎没有人希望这趟火车速度变快，慢悠悠才方便他们交流商品。对彝族老乡们来说，掌握铁路沿线的物价律动，就是他们生意能否兴隆的秘密，股票和比特币的涨幅对他们来说，就像是冥王星之外的事情。

一筐土豆，今天拿去哪一站卖，颇有讲究。如果情报掌握得不准确，很有可能赔本，回去还会挨媳妇骂。这趟从上世纪一直运行到本世纪的列车，好像发生过变化，又好像一直没变。

5633/5634次列车依然保持着过去的速度，吭哧吭哧，像一头匀速犁地的水牛，不紧不慢。

（图/吴敏）

# 吃泡面也是一种美好生活

□闫 红

我有个橱柜,专门放各种泡面、方便粉丝、螺蛳粉,每次打开,都觉得是一柜子美好的寂寞,是维持我基本安全感的几项事物之一。

首先需要纠正一点,泡面不是只能泡。关于美食的一个真理就是,程序越是复杂,做出来的东西越好吃。所以我吃的泡面都是煮出来的,基本上是二次创作。

十几年前,友人送了一箱子辛拉面,我煮了一包,惊为天物。泡面居然可以这么柔韧。我瞬间懂了韩剧里的人,为什么吃个泡面也能一迭声地喊"好吃"。

尽管如此,热衷于对泡面进行二次创作的我,也不甘心就此罢手。我一般会丢进去两三个潮州产的牛肉丸,再放两片紫苏,感觉香气里都带着一股港味。

也有泡面厂家会自己先配上好几种配料。我曾买过一款兰州拉面,包括牛肉、白萝卜、香菜在内的配料,竟达9种之多,愣是把个泡面做出了满汉全席的感觉。

当然,也有些泡面,味道就在面里边。比如车仔面,它谈不上筋道,但是面条本身有一点恰到好处的酸味,是自然发酵的酸,加上海鲜味的XO酱,摇曳生姿,余味无穷。

武汉的热干面倒是着意突出配料,也就是芝麻酱。放假期间,成天看美食博主推热干面、鸭脖子,我的口水总是先流下来。

博主们说的热干面应该是堂食那种,但我固执地觉得,泡面煮出来的热干面,别有风味。想一想,在宁静的中午,走出卧室,脸上还带着刚写完一段字的怔忡,默默烧水,泡面,再把水倒掉,将芝麻酱、辣椒油一样一样放进去搅拌,是不是有一种别具一格的仪式感?

更妙的是,若是吃着忽然来了灵感,奔回房间写下来,再回来,面凉了,香气却更加浓郁,与啤酒、咖啡、可乐都很搭,堂食的话,没有这样一种好整以暇,也没有那种歪打正着的时间差。

美食与情境,也是能够互相成全的。

比如说,与其做个《红楼梦》里"一只茄子需要十来只鸡去配"的茄鲞,不如煮个加进去青菜、虾仁或是鱼片的泡面,省出时间读书、写稿、爬山、沿湖散步,在早春寻找最先开花的桃树,马不停蹄地追觅各种小美好。泡面是后援,是保障,是沉默的拍档。

(图/木木)

# 带着风声的花

□刘成章

半世纪前的某年某月,有一批血气方刚的艺术家,把"山丹丹"这个口语里、民歌里才有的声音,从民间的唇上搬下来,让它第一次以文字的形式,开放在中华民族的典籍里面。那批艺术家是延安鲁艺的人。但我那时年小,并不知道此事;不过我却知道,山丹丹是我们陕北的一种极好看的野花。

有一年夏天,我们几个七八岁的娃娃,结伴上山。一片一片的云,一湾一湾的水,糜谷风带着沁人肺腑的清香,刺溜溜地吹过重重山梁,我们的衣裳和头发也被吹得就像活了。忽然,我们中的一个娃娃大喊,山丹丹!应着喊声,我们一双双眼睛倏忽一亮,哦,真的是山丹丹!在不远处的畔上,好红好红!我们就一起跑过去看了又看。我们还一齐趴在那里,伸出各自的小手,像拱成一个花盆儿,而山丹丹就像栽到里边了,在里边迎风迎雨,快乐地生长和开花。

每逢暑假回到陕北,我感到最幸运的事,就是能看到山丹丹。啊,你看这边的山沟里,好像地心的一滴岩浆溅出来了!你看那边的背洼上,好像仙女的一点胭脂落下来了!啊,好红好红的花,又有绿叶衬着;红有红的鲜嫩,绿有绿的脆甜。让人爱得心颤。

在无数次欣赏之后,我对扎根这片土地的山丹丹产生了无比崇敬之意。山丹丹不避阴暗,不嫌低微,总是和杂草混生在一起,往往越是苦焦的穷乡僻壤,越有它的身影。在往昔那漫漫的长夜里,它就像杨白劳买回的二尺红头绳,就像一杆红旗突然飘扬在高高的永宁山上!很难想象,如果没有它,我们陕北这块灾难频仍的土地,怎么能够撑持下来。

直至现在,似乎猛然间我才醒悟,一般的花儿,模样大体都是婉约的、娴静的、秀气的,而山丹丹其状大异,它们虽然不失花的温柔,却又好像带着一股刚健的风声。你看它们的六片花瓣都向后卷着,像一只只飞着的、双翅并拢的鸟儿,或者朝前射去,或者向下俯冲,力量遒劲,气势凌厉,直逼人心!它们以凝聚在花瓣上的勇气汗气血气向人们昭示,明白无误地昭示:最美丽的姿态,是奋飞起来!一如今天这里挣脱精神羁绊、焕发生命力量、顽强奋进的陕北人!

为我们陕北那么穷苦荒凉的土地上,居然能生出如此高雅如此绮丽如此奢华如此动人心旌——如此卓然不群的花而感动、骄傲和欣慰!

(图/吴敏)

# 除了恋爱不吃大蒜

□南在南方

晚唐名相裴度说：鸡猪鱼蒜，逢着便吃；生老病死，时至即行。前一句喜悦，有什么吃什么就是口福。后一句平静，该怎么就怎么就是一生。话虽这么说，可味蕾是忠于乡土的。就像吃蒜的裴度是山西人，而恶蒜的李渔却是浙江人。

李渔在《闲情偶记》里说，他不吃蒜、葱、韭菜，认为"秽人齿颊及肠胃"，又说，香椿头能芬人齿唇，他也吃得少，然后把自个跟不食周粟饿死的伯夷与坐怀不乱的柳下惠类比。他喜欢这种做派，比如说凉拌萝卜丝让他打嗝，煮萝卜却味美，说萝卜是先小人后君子，虽有微过，但可原谅。

我每读此处，都想着萝卜无辜，当然，蒜也无辜。

也有不是因为味蕾的，比如佛家，不食蒜，当它是荤菜，当成荤菜还有另外四种：小蒜、兴渠、慈葱、葱。为什么不吃？《楞严经》说：熟食发淫，生啖增恚。又说，十方天仙，嫌其臭秽，咸其远离。诸饿鬼等，舐其唇吻。

这个说法跟西方传说不同，有新闻说《暮光之城》的女主角克里斯汀因为入戏太深，相信世间真有吸血鬼，于是，身上揣着大蒜，房里车里也放着大蒜。因为传说中大蒜能驱走吸血鬼！

普通人管不了那么多，在我老家乡下，蒜是重要的调味品。家家都有小石臼，管它叫辣子窝，很多时候，却是用来捣蒜的，一手护着石臼防着蒜瓣跳出来，一手提着石杵飞快地捣，蒜的香铺散开来。没见过捣蒜的人，很难体会磕头如捣蒜是怎样的形象。

小时候，大人出谜语：弟兄七八个，围着圆柱坐，大家一分手，衣服都扯破。是啥？我们齐整地答：大蒜嘛！

但大蒜，于恋爱男女，有些不太合适。有一回，我在西安吃羊肉泡馍，没端上之前，食客都在忙活着剥蒜，装蒜的篮子就放在桌子上。一名年轻男子手才伸进篮子，一声娇叱："你敢！"这男子再也没伸手，吃一口泡馍，看一眼蒜篮子，那个眼羡！

其实也有上海人吃蒜的，就像张爱玲。她这样写道：我在三藩市的时候，住得离唐人街不远，有时候散散步就去买点发酸的老豆腐，嫩豆腐没有。有一天看到店铺外陈列的大把紫红色的苋菜，不禁怦然心动。但是炒苋菜没蒜，不值得一炒。此地的蒜干姜瘪枣，又没蒜味。在上海我跟我母亲住的一个时期，每天到对街我舅舅家去吃饭，带一碗菜去，苋菜上市的季节，我总是捧着一碗乌油油紫红夹墨绿丝的苋菜，里面一颗颗肥白的蒜瓣染成浅粉红……

这一段真让人垂涎，不过，大蒜的确是重口味，食蒜客能够处理口气中的蒜味，无疑是礼貌的。

（图/吴敏）

# 螺蛳之味

□陈荣力

螺蛳的美味，一则在于常年栖息于水清流缓、饵料丰富的江河湖泊中，螺肉的粗蛋白含量高达55%；二则在于螺蛳下锅之前，一直养在水里，是活着的"小鲜肉"；三则在于螺蛳即使在入锅烹烧过程中也不敞外壳，能保持肉质鲜美紧实的原态。

多样的烹烧方式更是锦上添花。"红帘彩舫观者多，美人坐上扬双蛾。断瓶取酒饮如水，盘中白笋兼青螺。"除了曾巩笔下的"白笋兼青螺"，红烧、酱爆、清蒸、醉螺蛳、糟螺蛳、螺蛳肉炒韭菜、螺蛳肉蒸甜酱等，皆是百姓厨房里的家常做法。

"清明螺肥如鹅"，吃螺蛳最好的时节在清明前后。在水底蛰伏了一冬的螺蛳早已苏醒，正四处觅食，而清明前后的雨水不但丰富了水里的微生物，充足的氧气和负离子也为螺蛳的活动和生长提供了优渥的条件，于是，瘦了一冬的螺肉在这个时节变得格外肥美。而清明之后再过一段时间，螺蛳开始孕育小宝宝，一般不再食用，同"劝君莫打三春鸟"一样，是江南水乡人心照不宣的约定。

家里临时来了客人，想喝杯小酒叙叙旧，便拿一个脸盆，拎一只竹篓，或蹲身河埠石坎，或伸手沟边溪畔，或半俯潭角塘头，不出半个小时，一大碗肥硕的螺蛳便进了家门。也有懒惰嫌摸螺蛳麻烦的，拿两根竹篙随便在屋后的小河里一插，十天半月后抽出，顺篙一撸也是一碗两碗的螺蛳。

在江南水乡，螺蛳不仅是美食，也是人文、风俗的一部分。形容地方逼仄、局促，一句"螺蛳壳里做道场"，与"麻雀虽小，五脏俱全"一样，谓虽小，但内容丰富、齐全；"螺蛳屁股坐不住"，是性急者的精准画像；"三个指头捏螺蛳"，为笃定、牢靠的形象阐释；"清明螺蛳端午虾，重阳时节吃爬爬（螃蟹）"，是要言不烦的吃货秘籍；"生是一碗，熟是一碗；不吃是一碗，吃了还是一碗"，既是童谣亦具佛语的禅意；"小小宝塔五六层，和尚出门慢步行，一把团扇半遮面，听见人来就关门"，如此画面、人物、情节俱全，生动而鲜活的谜语，无疑是谜语中的工笔了。

"湖光秋色两相和，潭面无风镜未磨。遥望洞庭山水翠，白银盘里一青螺。"相比于刘禹锡的奇丽与豪迈，我更喜欢伦文叙的浪漫烟火气："炒螺奇香隔巷闻，羡煞神仙下凡尘。田园风味一小菜，远胜珍馐满席陈。"在我看来，江南水乡随处可见的螺蛳，既是舌尖上的美味，更是一种生活的滋味。

（图/蛔菓猫）

# 白水煮一切

□九 人

火锅大概是这个世界上最为和谐的美食，人多时可以围在桌边热热闹闹地烫羊肉卷，腾起的热气笼罩了橙黄的暖色灯光，三五好友谈笑风生，哪怕原本的关系不够融洽，都能在这种氤氲的氛围里软化下来；单独一个人时则可以吃"转转乐"，不像去餐馆，点少了不过瘾，点多了又吃不下，偏爱的菜式一盘接一盘地转到面前，而那些不讨你喜欢的，也不需要皱着眉头费心思挪开，自己就会识趣地缓缓转走，独自忙碌着涮煮食物倒也别有一番趣味；倘若懒得出门，还可以在家自己煮自热火锅，虽然不够丰盛，但胜在方便快捷，不失为解一时之馋的好方法。

冬天冻得人四肢发冷，思维都变得迟钝麻木起来，这时候吃上一顿热辣滚烫的火锅，温度从胃里蔓延出去，直吃得人额头开始冒出细密的汗珠，美妙得仿若江河开冻；而夏天躲在空调房里吹着冷气，摆上一桌子的肉类、海鲜、蔬菜，现吃现烫，看着食物在白汤里浮沉在红汤里翻滚，叫嚣着"快来吃我呀"，油而不腻，酣畅至极，饭后再来一碟冰镇西瓜，小日子过得只羡鸳鸯不羡仙。

千锅百味，每次我准备的火锅总会被我爸调侃成"豆制品家族开会"，甚至打趣我是豆制品成精了。在我的菜谱里，没有肉的火锅还可以原谅，没有豆制品简直是在浪费火锅底料。

我对豆皮、豆泡、豆腐千张、腐竹喜欢到了骨子里，最喜欢看豆泡在红油汤锅里舞蹈，逐渐膨胀变大，吸了饱满的汤汁，轻轻咬下又烫又鲜，还带点儿花椒的麻和辣椒的香艳，刺激之余又十分醇香。嫩豆腐则要煮久一点儿才能入味，白胖胖的小方块一点点被红色浸润，入口麻辣鲜香，还带着它特有的软嫩细腻，正所谓"皮肤褪尽见精华，百沸汤中滚雪花"。日本豆腐更是细滑得像是轻轻一碰就要散架碎裂一般，总让我想起古代对美人"肤如凝脂"的描写，我若是帝王，怕是也要沉醉在温柔乡里不愿醒来。不过，日本豆腐竟然不含任何豆类成分，而是"蛋制品"，罢了，你这么好吃，爽滑又鲜嫩，你说自己是什么就是什么吧。

想起老舍在《骆驼祥子》里写："先去扫扫雪，晌午我请你吃火锅。"嘻，只要有火锅，我愿意一直扫到来年秋天落叶层叠，怎么会有人忍心拒绝火锅的诱惑呢？

一个火锅，两大瓶冰镇可乐，三五好友，足矣。

(图/月儿)

# 学会做饭，是妈妈给的救命锦囊

□凌公子

高中毕业后，我去了外地上大学。有一天坐在宿舍里读《小说月报》，一个中篇小说打动了我，忘了名字和具体情节。大意是讲女主人公是个全职太太，很会做饭，把丈夫的一日三餐照顾得很好，丈夫对此习以为常，但她逐渐厌倦了这种生活，有一天找碴跟丈夫吵架后离家出走了。她出走之后没有去游山玩水，而是去菜市场买了一大堆食材，坐在人流密集的街边，面前摊开一张纸，上面写着："请让我免费为你做一顿晚餐"。一个中年丧偶、独自抚养儿子的男人将她带回了家，那天晚上，一顿美味丰盛的晚餐让那对父子感受到了消逝多年的家庭烟火的气息，女主人公觉得自己做了一件很有意义的事情。她在外继续流浪，帮别人做饭，过了一段时间终于想回家了。当她到家后发现丈夫瘦了很多，还得了胃病。原来在她离家出走后，丈夫再也没有正经吃过一顿饭。女主人公意识到，两人是彼此深爱着的，她看着憔悴的丈夫，心疼地对他说："我会养好你的胃。"

这句话击中了我。让我想起了远在家乡的爸爸妈妈，也想象着未来的爱人和孩子，他们的胃是不是也会经常不舒服，也需要有人来照顾？

就在那天下午，我在心里默默地做了一个决定：我要学会做饭。暑假回到家里，我主动走进厨房，主动帮妈妈做饭，认真学习切菜、炒菜、煮饭……对所有工序没有任何抗拒和厌烦。妈妈跟爸爸说，突然觉得我长大了。

毕业之后在北京工作，安顿好自己后，就去超市买了一大堆锅碗瓢盆和调味品，塞满了厨房的柜子，然后拍照给妈妈看。看着这样的厨房，感觉生活有了温度，也有了向往。

前年年底，我离职。没有工作后，我每天除了跟自己的情绪做斗争，其余时间就待在厨房里给自己做饭。等饭菜出锅，闻着一屋子的香气，死气沉沉的心就活了起来。会做饭能够养好的，何止一个人的胃啊！

我经常想起妈妈苦口婆心劝我学做饭的情景，想起她说的那句话："不管你将来成为什么样的人，总是要吃饭的。"以前总以为她口中的"将来"，是出人头地、功成名就的场景。现在才懂得，"将来"也有可能是人生失意、精神崩溃的暗夜。也终于懂得，妈妈为什么一定要让我学会做饭。

如果有一天，我不幸颠沛流离、困顿无助，只要我能认真做饭、好好吃饭，有朝一日，总能抚平伤痛、积蓄力量，重新开始认真生活。

学会做饭，是妈妈给我的救命锦囊。

（图/月儿）

# 融在豆腐里的年味

□桂孝树

迈进腊月的门槛,就闻到了年的味道,留给我印象最深的是农历腊月二十五打过年豆腐。打豆腐其实是一件挺辛苦的活儿,头天晚上妈妈就用簸箕把黄豆簸干净,用筛子把杂质筛出来,并用磨子磨破褪去黄豆壳,我最喜欢干的活是破黄豆,比起磨豆腐来那是很轻松的活,妈妈将磨好的黄豆用水浸泡直到把黄豆泡软了,等到开始磨豆腐时,一勺子、一勺子的被浸泡过的黄豆从磨孔中送进去,奶白色的豆浆也就源源不断地从磨子的四周流出,一桶黄豆要磨上大半天。

我们姊妹几个人分工负责,弟弟太小不懂事在一边看着我们做,三妹年纪小点就负责用勺子下磨,母亲、我和大妹、二妹两人一组轮流推磨,当豆腐磨好时母亲开始忙碌着,在灶屋顶上系上一根绳子悬着木质十字架,对着下面大锅,四角系一块帐子布,然后把磨好的豆浆倒进帐子布里,滤出的豆汁流进下面的大锅里。锅下的灶里塞进大柴块,烧起大火,到豆浆翻滚时停火,豆浆煮好后倒进一口半人高的大木桶里,母亲便用擀面杖在小木桶内调好石膏水(即卤水),边往缸里慢慢地、细丝般地倒,边搅动豆浆,名曰"点浆",也就是点豆腐。食用石膏经烧、磨,碾成粉末,用凉水化开即成卤水。

石膏汁少了豆腐太嫩;多了、粗了,豆腐太老,不好吃。待豆浆变成豆花时,然后用水缸盖子盖好。不出半个小时,就生出一大桶豆腐脑。豆腐脑又白又嫩,观若凝脂,舀似冻乳,抚之如绸似锦,触之即破,含之即化,品之味甘,食之润喉。放点白糖慢慢地喝,那个香味啊,沁人心脾,这个时候母亲总是给我们五人每人盛上一大碗,心急的我还没有来得及品味,嫩嫩滑滑的豆腐脑从喉咙滑下肚,含都含不住,直到现在我依然忘不了豆腐花的味道。

最后是包豆腐,将冷却好的豆浆小心地舀进早已铺放在桌子上的过滤包袱里,母亲舀完后包起来,盖上木板,用大石头压上,挤掉水分,这叫"压豆腐",压上一个夜晚,第二天早上,一包白嫩的过年豆腐就打好。妈妈将包袱打开,把压好的豆腐划成小方块,捡起来放到盒子里,等待过年做菜。

豆渣放在锅里炒熟后,等完全冷却后,捏成圆球,放在有草的箩筐里,上面盖上草,用烂棉袄保温。几天后,豆渣表面长出了毛,说明酶渣已经酶好了,拿出来切成半圆状,晒干,豆渣加腊肉、粉条做汤,味道鲜美。

这时候全家人都是一脸的幸福,年真的来了,我们好像看到了新一年最美好的愿景。

(图/孙小片)

# 抄手、云吞、馄饨馅儿里，都裹了些什么

□张佳玮

在大城市吃各色连锁店馄饨，馅儿与饺子馅儿似的，兼容并包，无所不有：猪肉白菜、鲜虾韭黄、腐皮鸡蛋、茴香油条，甚至栗子鸡肉、鸭血笋丁，都能包。

《金瓶梅》里西门庆叫拿肉鲊拆上几丝鸡肉，加上酸笋韭菜做碗馄饨汤，差不多就是这个意思。

当然，各地不大同些。

我吃抄手，大多皮薄而滑，汤底酱料则花样更多，可以清汤可以红油，个性从容得多。

抄手馅儿常是肉混鸡蛋，不是很劲弹，但香软倍增。吃抄手好在流畅顺滑，馅软而鲜，与皮与汤一起滑下肚去，很容易猪八戒吃人参果来不及品滋味。所以抄手更像是小吃，红油滑腻，呼噜呼噜，不知不觉，就下去一碗。

云吞，皮极薄，有美人肌肤吹弹可破的风度。云吞上桌，活脱脱是一颗圆馅裹一层白裙。云吞的汤与皮经常呈波光粼粼流动状，馅反而像定海神珍铁。

吃了云吞，被虾馅在口里弹牙跳舌一番，皮与汤一起落花流水下肚。好云吞面，面若用竹升面衬着，与云吞之弹与滑相得益彰，很好。

我们无锡的馄饨，却又不同。若是汤馄饨，馅料大多逃不出猪肉、榨菜、河虾（没有河虾者，改用虾干）、蔬菜、葱姜这几样的排列组合。

猪肉膏腴，虾肉清滑，蔬菜、榨菜丁加点丝缕颗粒的细密口感，煮熟后隔着半透明的皮，呼之欲出，要的是个口才浑成又紧致。

在我故乡无锡，馄饨常配小笼汤包一起卖，仿佛天然搭配。这两样是馆子菜，寻常人等不在家里做，就喜欢出来吃。每个小区周围，必有一馄饨店，好的用鸡汤、骨头汤，苏锡之类另加蛋皮丝、干丝。好汤煮得皮鲜，一口下去，馅鲜皮润汤浓交相辉映，各得其所。所以江浙馄饨皮与馅分庭抗礼，比较像正襟危坐的主食。

如果家常吃，惯例是包菜肉大馄饨，清汤煮吃。不晓得为什么，在无锡，店里的虾肉汤馄饨、家里的菜肉大馄饨，两不犯冲，泾渭分明。有店会卖菜肉馄饨，却鲜有家庭包虾肉馄饨的，大概觉得去店里吃太方便，不用特意在家里做吧。菜肉馄饨包多了吃不下，也不怕：油煎了，用来送粥，也是好的。

小馄饨似乎全国哪里都有，讲究在汤与皮，馅儿只是一抹肉而已。汤鲜，皮滑，一碗里漂荡，刺溜儿一口下去了。老北京大酒缸里喝醉了，就要碗小馄饨，喝了解酒。

我们这里澡堂子里洗饿了，要伙计去叫碗小馄饨，喝个肚饱暖，睡一下午。

以前老上海还有晚上馄饨挑子过，楼上放下一个篮子，篮里放钱；馄饨挑子就将一碗馄饨放进篮里，提上去当夜宵。多好。

（图/月儿）

# 喝了这碗羊汤，世界与我又何干

□菜馍双全

每隔半年，我都会完成一次大穿越：坐上特1路公交车，从紧邻东四环的大望路，直奔西四环边上的靛厂新村，不为别的，只为喝到一碗家乡味的羊汤。

喝8元的羊汤，要坐公交车，这是我的一种小小的仪式感。

最喜欢和老乡一起去，喝羊汤，啃烧饼，在共同的语言氛围里，最容易找回消失已久的欢乐。在一碗羊汤氤氲的热气里，成功地安置了原本无处安放的乡愁。

后来羊汤涨到15元，价格仍然可以欣欣然接受。要知道，店家用的羊肉，以及煮汤的水，都来自家乡，极尽讲究之能事。

鲁西南的羊汤，使用的羊是三岁的青山羊，尤以黄河故道和大沙河两岸的羊最佳，想来是水草丰美之地，适宜青山羊生长，地势开阔，心情便愉悦，草青水甜，吃得便幸福，羊肉才能形成最佳质感，这跟听音乐的牛的牛肉肉质好是一个道理。

尚记得小时候，很多人群聚集之地，如城镇集市上，交通要道口，皆有露天的羊汤出售，支起的一口大锅里，羊汤总在热烈地翻滚，汤中是羊骨架和大块的羊肉。那锅羊汤，自早上便开始煮，一直煮到中午，正是好喝的时候。汤色乳白得像上佳的奶酪，"咕嘟咕嘟"地冒着热气，小孩子看到就会馋得流口水，拼着小命哭闹着要停下来喝碗汤。来往路过的行人，只需往小板凳上一坐，招呼一声："老板，一碗汤仨烧饼。"羊汤和烧饼是标配，前者鲜美，后者香甜，一口汤一口饼，边吃边喝，端的是极致享受。

吃饱喝足，继续赶路。那一碗羊汤三个烧饼，简直像拥有无限魔力的能量棒，不但提神解乏去疲克劳，也能令心情大变样，让你拥有继续和世界对接的力量。

喝鲁西南羊汤有讲究。我个人理解，所有的作料，仅需加盐而已。喝原味的汤，方能体验羊汤本味，嗜辣者，可以往汤里放辣油——羊油经加热之后，与辣椒调配而成，辣油放羊汤里一搅，汤里立刻泛起密集的红亮油星，辣飕飕的，喝一口，绝了！

想要加香菜或胡椒粉，也未尝不可，但作料味道太重，会盖过羊汤的美味。还有，山羊的肉质是绵羊无论如何赶不上的。

后来，靛厂新村的这家店搬了家，尽管新地儿偏僻，交通不便，我仍然不畏辛苦，还是常常约了小伙伴前来喝汤。每每喝到大汗淋漓，喝到岁月静好，喝到心满意足，喝到尽是喜悦。

喝过内蒙古羊汤、山西羊汤、河北羊汤、四川简阳羊汤之后，我确认，家乡的羊汤堪称一绝——就这乳白汤色，是许多羊汤跨不过去的一道坎。

专心喝这碗汤时，常常忘了一切，世上小忧愁，人生小烦恼，统统去见鬼好了，有这碗美味羊汤，世界与我又何干？

（图/HHYM）

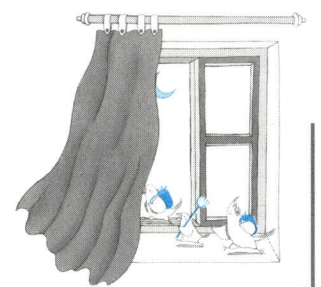

# 带笤帚的小鸟

□迟子建

我们在故乡的居室，靠近山脚。山下有河流、树丛和庄稼地，春夏秋三季，它们就是飞鸟的乐园。可是大雪封山后则不一样了，鸟儿可食的东西，都被掩埋住了！别看雪花是柔软的，它们一旦形成规模，积雪盈尺，那就成了一堵封在大地上的白色石墙，鸟儿尖利的喙儿，也奈何不了它。

母亲怜惜那些鸟儿，她异想天开，打开窗户，将小米撒到户外的窗台上，打算喂喂它们。自从撒了谷物，她每天起床后的第一件事，就是奔到窗前，看外面的小米是否还是原样。

几天后的一个早晨，我正美美地睡回笼觉呢，母亲兴冲冲地打来电话报告："小鸟来吃米啦——吃了一大片！"

打这天起，小鸟就成了我们家族的一员，母亲在电话里，几乎每天都要聊到它们。弟弟去粮油店，特意买了袋小米，专供喂养。我吓唬母亲，说是山中的小鸟要是都知道她的窗台有米可吃，估计一天一袋米都不够。母亲豪迈地说："让它们可劲吃，吃不穷！"

在我想来，母亲喂鸟，也有点"还债"的意思。多年前，姐夫在春天时，喜欢张网捕鸟。母亲说那时她没有阻止姐夫捕鸟，还吃它们，犯了大罪！她的腿摔伤骨折过两次，本来是路面的冰雪作的祟，可她偏说这是动剪子铰小鸟腿，遭了报应！所以母亲喂养找不到食物的鸟儿，我们姊妹都积极支持，起码这对她，是个莫大的安慰。

母亲告诉我，小鸟儿很胆小，总是天不亮就过来吃食。没过多少日子，母亲欣喜地说小鸟白天也来吃食了，它们吃饱了，还朝窗里望呢。

鸟儿赏花的时候，母亲也在窗前悄悄赏它们。它们在不经意间，也成了她眼里的春色！置身于一个鸟语花香的世界，想来母亲是不会寂寞的。

有一天，母亲神神秘秘地对我说，因为小鸟来得太多，吃得太多，外面窗台上积了厚厚一层鸟粪。爱洁的姐姐，有天抱怨起来，说是开春时，还得清理窗台上的鸟粪。母亲说真奇怪，姐姐说完那话，第二天早晨起来，她发现窗台的鸟粪，差不离都消失了！好像知情的鸟儿听了那话，连夜把鸟粪给打扫干净了。她问我，是不是夜里刮大风给吹没影的？我说不大可能，因为鸟粪遗落的一瞬是新鲜的，它们会被寒风牢牢地冻结在窗台上。再肆虐的风，到了窗台都是强弩之末，不可能吹落鸟粪。母亲感慨地说："那还真是小鸟自己打扫的呀。"

在我眼里，小鸟的爪子就是笤帚。想想看，每只鸟都绑着一双小笤帚，它们清理起阳台的鸟粪，当然是一夜之间的事情啦。

（图/小粒团）

# 云南的菜市场,有多野

□国 馆

真实的云南菜市场,像是一个堪比5A级景点的生物世界。

"云南十八怪,四季鲜花开不败。"

洁白无瑕的玉兰花,拿来蒸肉丸,肯定美味又可口。

优雅整洁的金雀花,放入鸡蛋一起炒,一想到花香混上鸡蛋香,口水就忍不住了。

棠梨花、苦刺花、核桃花、攀枝花、石榴花……在云南人的眼里全然是这样的:哦,这个拿来蒸,那个可凉拌,还有那个,拿来爆炒肯定好吃。城里人把花当作生活的装饰品,按朵按束来买。云南人却把花当作美味佳肴,论斤来卖。毫不夸张地说,没有一朵花可以完整走出云南人的餐桌。

在云南,有如此待遇的可不只是鲜花。菌菇,更是被云南人拿捏得死死的。

就是吃菌子,云南人愣是吃出了一股子前赴后继、荡气回肠、视死如归的大无畏精神来。独特的气候条件,让云南成了名副其实的"真菌王国",已知野生食用菌多达800多种。外地人到了云南,看到菜市场琳琅满目的蘑菇,千万不要随便买,更不要以貌取菇。并不是好看的就好吃,最好先和老板聊一下再做决定。

毕竟云南人吃菌子,那是豁出去拿命拼的事业。

我敢打赌,不到3秒钟,老板就会分享云南人具有开拓精神的以身试菌的故事,以及就算吃菌中毒,也能从医院里爬出来锲而不舍继续吃菌的英雄事迹。

如果说,奋不顾身以身试菌,还只能体现云南人胆量够大,以及将生死置之度外的大无畏精神。那对各种虫子的偏爱,就完全是因为深入骨子里放荡不羁的野性了。

"三个蚊子一盘菜""蚂蚱能做下酒菜",各类千奇百怪的虫子,在云南都难逃被吃的宿命。蚂蚱、知了、竹虫……滚油炸后,金光闪闪,色泽亮丽,很是诱人。炸蜂蛹最好吃。刚刚长出翅膀的嫩虫,白白嫩嫩,都还没来得及张口吃俗世里的一点东西,肚子里干干净净。营养也好,富含蛋白质,体弱体虚的当地人,常用来做补品。还有打屁虫也不错。就是活着的时候,不仅放屁很臭,长得又丑,好在并不影响口感。只要能克服心理障碍,不失为独特美味。在云南,吃蚂蚁蛋不再只是黑熊的最爱。经过云南人的一番操作,蚂蚁蛋不仅能吃,味道也实在是酸爽。云南菜市场的野性,只有想不到,没有见不到,只有不认识,没有不能吃。2021年10月,联合国选择在云南发布全球《生物多样性公约》。云南菜市场上的花类、菌类、虫子,只是这种"多样性"的一个缩影。

(图/蛔菓猫)

# 在每一片树叶上推敲秋光

□子 聃

秋天的树叶，是落叶满地黄，也是在风中摇曳成一面面旗帜，或者干脆花白，叶肉都褪掉，只留下叶片的脉络，让秋风从自己的身体中穿过，这样的树叶，可以摘下来一片，夹在书页之中，做书签，这一切，都是秋天带给我们的礼物。

有个词叫"秋高气爽"。秋天的空气是清澈的，不像春日那样明媚，也不像夏日那样热烈到浑浊，更不会像冬日那样沉重，我一直觉得，秋天空气的高爽，是和秋叶有关的，秋天的叶子或许是带有磁性的，它能吸附一些空气中的浑浊，甚至把秋天的光线也都引到自己的身上来，这样，天地之间澄澈如水，叶片之上又多了几许金属质感，实为互相成全。

最好的秋光在哪里呢？要么在秋水，要么在秋叶，秋水似乎又有一些单调，秋叶就丰富多了，千叶千面，秋叶是秋光的演出场，同样的秋光，在不同的叶子上，分饰不同的角色，怎么看都不觉得烦。

秋阳走到了人间，逐渐变得温和。尤其是到了秋叶之上，温和中又加了几许温暖。这个时节，如果你想去看蚂蚁之类的虫子，在土地上找不到，就去秋叶之上，你一准能找到有蚂蚁、斑衣蜡蝉、蜘蛛在疾走，或是地主一样躺在秋叶上发发呆，晒晒暖。毕竟，这个时节，阳光已经开始讨喜了，植物、动物和人都想在秋光中，享受秋天的阳光浴。

李峤说："解落三秋叶，能开二月花。"这首诗的本义说的是风，能把三秋的叶子吹落，也能把二月的花吹开。当然，这只是字面意思，我喜欢用互文的方式来理解，能够悟透三秋的叶子荣枯，自然也就懂得二月花的美妙。当我们读懂了秋叶之美，才有资格说自己懂得欣赏二月里的春花。荣枯之悟，与一个人、一片树叶的成长是一脉相承的，人也多半是随着年龄增长才逐渐懂得一些道理，树叶也是，很多事物都是。

在每一片树叶上推敲秋光，是把秋叶当成了这个世界的道场。中国人对"叶"特别看重，称时间为"某某世纪中叶"，称谁家生了娃娃为"开枝散叶"，说谁家孩子出身富贵为"金枝玉叶"，说一个人做事干净利落为"秋风扫落叶"，说配角的重要性为"牡丹花好，还要绿叶扶持"……一片小小的叶子，在中国文化的汪洋中随着洪流波浪浮沉，掀起几多风雅。

此刻，独坐在皖北的古院落群之中，手握一杯老茶，看一树银杏叶金黄，随着秋风翩然如蝶地落下，旋即想起庄子的《秋水篇》，一叶落，而天下秋，一片叶子所承载的历史和文化重量，是功夫在诗外的，值得我们细细品咂。春葩秋叶，太多的内涵在其中。

（图/蜩菓猫）

# 沧海一粟

□安 宁

在冬日茫茫无边的呼伦贝尔雪原上，动物总是比人多。

有时候是一群低头吃草的马，努力从厚厚的积雪中寻找着干枯的草茎。它们的身影，从远远的公路上看过去，犹如天地间小小的蚂蚁，黑色的，沉默无声的，又带着知天命般的不迫与从容。有时候是一群奶牛，身后跟着它们时刻蹭过来想要吮吸奶汁的孩子，它们慢慢地踏雪而行，偶尔会扭头看一眼路上驶过的陌生的车辆。大多数时间里，它们都是自我的，不知道在想些什么，却懂得，它们的思绪永远都只在这片草原，再远一些的生活，与它们的生命无关宏旨。

在一小片一小片散落定居的牧民宽阔的庭院里，还会看到一些大狗。它们有壮硕的身体，尖利的牙齿，机警且非常忠贞。它们会在你未走近的时候，就用穿透整个雪原的浑厚苍凉的声音，告诉房内喝酒的主人：迎接远方来的客人。有时候它们会跑出庭院，伫立在可以看到人来的大路上，就像一个忧伤的诗人，站在看得见风景的窗口前，那里是心灵以外的世界，除了自己，无人懂得。在这片冬日人烟稀少、没有游客的雪原上，是这些毛发浓密的大狗，用倔强孤傲的身影点缀着银白冰冻的世界。不管它们是发出狼一样苍茫的嚎叫，还是固执地一言不发，它们的存在本身便是这片寂静雪原上一个野性古老的符号。

有时也会看到娇小的红狐出没，它们优雅地穿越被大雪覆盖的铁轨，犹如蒲松龄笔下的女狐，灵巧地越过断壁残垣，去寻那深夜苦读的书生。它们是银白的雪原上火红跃动的一颗心脏，它们的生命在奔走间，如地上踏出的爪痕，看得到清晰的纹路。假若无人惊扰，这片雪原便是它们静谧的家园。

但最能在冬日的雪原上顶天立地的动物，还是与牧民的生活亲密无间的奶牛。它们在白日里走出居所，在附近洒满阳光的河岸上，顺着牧民砸开的厚厚的冰洞，探下头去，汲取河中温热的水。有时候它们会在小镇的公路上游走，犹如乡间想要离家出走却又徘徊不定的孩子。小路上总是堆满了牛粪，在严寒天气里上了冻，犹如坚硬的石头。常有苍老的妇人，弯腰捡拾着这些不属于任何人家的牛粪，拿回家去烧炕取暖。

一个人行走在苍茫的雪原上的时候，看到这样静默而又自由奔放的生命，内心的孤单，常常会瞬间消失。似乎灵魂有天地包容着，人便可以与这些生命一样独立而又放任，饱满而又丰盈，哪怕狂风暴雪，也不必再怕。

所有的生命，在天地间，不过是沧海一粟，人比之于这些在雪原风寒中傲立的生命，并不会高贵，或者优越丝毫。

（图/徐进）

# 风过有旧痕

□王太生

袁宏道谈论山水养生时曾这样比喻："湖水可以当药，青山可以健脾，逍遥林莽，欹枕岩壑，便不知省却多少参苓丸子。"

山水治病，大地草木哪一样不是药？治愈一个人病的，是山水。迈开步子走向山水间，说不定比药的效果还来得快些。

我的一个朋友，睡眠不好，有一次在郊外，听着嘤嘤虫声，他竟在一块大石头上睡着了。那次在大石头上安卧而眠，感觉特别踏实，连梦都没有做。从此睡觉质量比过去有所改善，自认为山水可以治疗他的毛病。他对我说，真想到乡间的野河上租一条小船，在春天的夜晚，闻着豌豆花香而睡。

用山水做处方，为自己治病。这时候，山水就是一味药。于青山绿水、韶光美景中，解除人生的痛苦和烦恼，寻求到个体的自由和快乐。

古宅疗伤，用一砂锅煮药，闻着药香抄书，或者一边熬着草药，一边翻阅，不失为古人的一种读书方法。煮药的辰光漫长，尤其是冬夜，砂锅在炉子上熬药，文火慢煮，一星如豆，盖沿上水汽突突，水珠四溅，屋内药香氤氲。

疗伤时煮药抄书，有着它自然天成、不可比拟的佳境。先是一股暖弥漫身边，细火纯蓝，瓦罐冒汽，抄书的环境温热而湿润。再是彼时的状态可谓不慌不忙，时间还早，不如做些其他事情，煮药抄书反而气定神闲，每一个字都抄得有板有眼。药香是挥发的，浓烈、醒神，奇香扑鼻，净化空气，渗透到布衣经纬。

古镇同里退思园，清朝官员任兰生被罢官返回故里后建造。任兰生被革职时47岁，正是一个行政官员最成熟的年龄。他回到老家，建了一座退思园，园名引自《左传》中的"林父之事君也，进思尽忠，退思补过"之意。古宅正是他疗伤养心的地方。

古宅如何疗伤？老建筑有楠木之气，那些沁人肺腑的香气，从门、窗、桌、椅散发而来，清人神志；廊沿走道少了那些喧嚣与争名夺利，一盏茶，一卷书，可以消磨一下午的辰光，眉间都是闲散气；庭院有嘉木，花枝勃发，生阳气，坐在窗下，或凭栏，人与花树相望。

据说，此园任兰生只住了两年，用两年的时间疗伤已经足够。之后他复出，北上治水。

记得那年，我从江之对岸，带着一身扬子江上的水雾气，来到这有雨的江南小镇。在古宅，访主人不遇，茶盏微温，刚刚出门远去。

门扉处，风过有旧痕。

（图/吴敏）

# 一滴水经过了丽江

□阿 来

我是一片雪,轻盈地落在了玉龙雪山顶上。有一天,我醒来,发现自己变成了坚硬的冰,和更多的冰挤在一起,缓缓向下流动。在许多年的沉睡里,我变成了玉龙雪山冰川的一部分。我望见了山下绿色的盆地——丽江坝。望见了森林、田野和村庄。张望的时候,我被阳光融化成了一滴水。我想起来,自己的前生,在从高空的雾气化为一片雪,又凝成一粒冰之前,也是一滴水。

是的,我又化成了一滴水,和瀑布里其他的水大声喧哗着扑向山下。在高山上,我们沉默了那么久,终于可以敞开喉咙大声喧哗。一路上,经过了许多高大挺拔的树,名叫松与杉。还有更多的树开满鲜花,叫作杜鹃,叫作山茶。经过马帮来往的驿道,经过纳西族村庄里的人们,他们都在说:丽江坝,丽江坝。那真是一个山间美丽的大盆地。从玉龙雪山脚下,一直向南,铺展开去。视线尽头,几座小山前,人们正在建筑一座城。村庄里的木匠与石匠,正往那里出发。后来我知道,视野尽头的那些山叫作象山,狮子山,更远一点,叫作笔架山。后来,我知道,那时是明代,纳西族的首领木氏家族率领百姓筑起了名扬世界的四方街。四方街筑成后,一个名叫徐霞客的远游人来了,把玉龙雪山写进书里,把丽江古城写进书里,让它们的名字四处流传。

我已经奔流到了丽江坝放牧着牛羊的草甸上,我也要去四方街。

但是,眼前一黑,我就和很多水一起,跌落到地底了。丽江人把高山溪流跌落到地下的地方叫作落水洞。落水洞下面,是很深的黑暗。曲折的水道。安静的深潭。在充满寂静和岩石的味道的地下,我又睡去了。

再次醒来,时间又过去了好几百年。我是被亮光惊醒的。我和很多水从象山脚下的黑龙潭冒出来。咕咚一声翻上水面。看见很多不同模样的人。我记起了跌进落水洞前的心愿:我也要流过四方街。

黄昏时,古城五彩的灯光把渠水辉映得五彩斑斓。游客聚集的茶楼酒吧中,传来人们的欢笑与歌唱。好像是因为那些鼓点的催动,水流得越来越快。很快,我就和更多的水一起出了古城,来到了城外的果园和田地里。一些露珠从树叶上落下,加入了我们。在宽广的丽江坝中流淌,穿越大地时,头顶是满天星光。一些薄云掠过月亮时,就像丽江古城中,一个银匠,正在擦拭一只硕大的银盘。

黎明时分,作为一滴水,我来到了喧腾奔流的金沙江边,跃入江流,奔向大海。我知道,作为一滴水,我终于以水的方式走过了丽江。

(图/蝈菓猫)

# 隐秘的美味

□周华诚

现今置身陌生之地，想要搜寻美食，是什么样的情景呢？打开手机上的"某某点评"，按排名、距离、好评来搜寻。就算身在异国他乡，这一招依然管用。第一，哪里能缺中国人的身影呢？中国人走到哪吃到哪；第二，哪里有生意，哪里就不缺中国人的身影呀，吃的喝的，口碑排名，都蕴藏着商机。

这也导致什么呢——但凡好吃一点，或评分高的地方，一定都爆满。以前，光靠食客们口口相传，颇有一些"苍蝇馆子"是藏在里弄深巷的，不是谁都知道，也不是谁都能进去。那时候，一个人若被冠以"美食家"之誉，谁手里不掌握几家绝无仅有的私房菜馆呢？他心里那张绝密的美食地图，就是一份好吃证书。

现在不行了，好吃的信息一旦公开了、共享了，与商机结合了，可以付费排名了，就显得乱糟糟的。你若是去一家排名靠前的餐馆，又碰巧赶上饭点，那就惨了，一定是领了号，大家都在排队，排个三四十桌。乌泱乌泱的人排在馆子门外，服务员一会儿来发块饼干，一会儿来分颗糖果，一直煎熬到头昏眼花，桌子普遍翻了一轮，这才轮到你上桌。

这能吃出什么美食的境界来呢？这也导致，对美食有要求的人，将会落得十分尴尬的地步。这年头，你要找一家藏在深闺无人识的好餐馆，已绝无可能。

但是，深藏之感，才是"美食"的要义呀！美食家只能是小众的。美食可以大众，美食家却必须特立独行——人云亦云、到处打卡的人，称得上美食家吗？所以这年头，真正的美食家已经消失了。即便没有消失，也已经深藏不露。

优秀的旅行家一定要去看这世上最遥远的风景。优秀的美食家一定要去品这世上少有的滋味。跟写作的人一样——美食家都是孤独的，很多时候就算吃到了一道珍稀的美味，他也必须忍耐住分享的念头。那些秘密的味道只能留在他的心里了。

我记得汪曾祺先生有一道小菜——汪老能吃能写，还能下厨房做出一手好菜。最好的美食家，最后就退回到自己的厨房——有一回，他女儿有客人来，汪老于是亲下厨房，忙活半天，端出来一盘蜂蜜小萝卜。

水嫩嫩的小萝卜削了皮，切成滚刀块，蘸上蜂蜜，插上牙签，结果客人一个没吃。汪老的女儿抱怨说，这么费工夫，还不如削个苹果。

老头不服气了："蜂蜜小萝卜，这个多雅。"

蜂蜜小萝卜，是日常的风雅，其实更是一番心思。我真为那位客人遗憾。转念一想，蜂蜜小萝卜这样的美味，其实就应只有很少的几人能有缘品尝。

(图/月儿)

# 深味

□张正旭

与云南人打交道，最令人费解的是，他们根据菜肴咸淡不同，都叫"深味"。比如说，菜肴咸淡正合口味，叫正深味，若菜肴咸得很，就叫咸深味。相反，淡得很，叫淡深味。"深味"这个词语就好比外国人学汉语中的"东西"一词，很难掌握这个词语的意思。

时光如水，岁月不老，从生活中汲取"深味"，不妨去品味杨慎的《临江仙·滚滚长江东逝水》："滚滚长江东逝水，浪花淘尽英雄。是非成败转头空。青山依旧在，几度夕阳红。白发渔樵江渚上，惯看秋月春风。一壶浊酒喜相逢。古今多少事，都付笑谈中。"

杨慎，明朝状元，满腹经纶，由于嘉靖皇帝要追授已故的藩王父母为皇帝皇后，他以不合规为由，发动"大礼仪之争"，遭廷杖流放云南边陲，永不叙用。杨慎以他大起大落的人生感悟，以看透宦海沉浮的超然态度，写下这首气场宏大的《临江仙》，那切身的感受、视觉的历史高度、厚重的人生底蕴、深厚的文笔功力，令人叹服！

"是非成败转头空"这句话对一些失意的人是最好的安慰，也是对心灵最轻盈的抚慰。人生长河波澜壮阔也罢，涓涓细流也好，百川归海，最终在从"有我"到"无我"的进程中消散，从"变幻"到"永恒"中奔腾。正如布兰夏尔德认为，"凡是主张理性的自主性和客观性，并且要求在一个内在的共同的理性面前放弃个人意志，都是属于一个伟大的传统"。人作为自然界的个体，应该遵循良知良俗："无善无恶是心之体，有善有恶是意之动，知善知恶是良知，为善去恶是格物。"

人至中年，经历生活洗礼与锤炼，看到了太多的人情世故上演，对"深味"有了全新的解读。再读刘禹锡的诗句时，心情久久不能平静："莫道谗言如浪深，莫言迁客似沙沉。千淘万漉虽辛苦，吹尽狂沙始到金。"人生在世不称意，总有不公平的待遇，总有被人攻击蒙冤的时候，但一个人不能丢了"本真与本质"，那是一个人熠熠生辉之处。正如一首诗歌写的那样：一颗星星撕破夜空／眨巴眼睛／雨的背影流淌着夜色空灵……由此，我想到了佛家语："身是菩提树，心为明镜台。明镜本清净，何处染尘埃！"这就告诉人们，众生的身体就是一棵觉悟的智慧树，众生的心灵就像一座明亮的台镜，要时时不断地将它掸拂擦拭，不让它被尘垢污染障蔽了光明的本性。

"雪沫乳花浮午盏，蓼茸蒿笋试春盘。人间有味是清欢。"人生知味淡如茶，人生有味是清欢，也许是对云南人口中"深味"的另一种解读吧！

（图／麦小片）

# 撞见南京的灵魂

□苏 童

南京是一个传说中紫气东来的城市，也是一个虚弱的凄风苦雨的城市，这个城市的光荣与耻辱比肩而行，它的荣耀像露珠一样晶莹而短暂，被宠信与被抛弃的日子总是短暂地交接着，后者尤其漫长。

翻开中国历史，这个城市作为政权中心和一国之都，就像花开花落那么令人猝不及防，怅然若失。这个城市是一本打开的旧书，书页上飘动着六朝故都残破的旗帜，文人墨客读它，江湖奇人也在读它，所有人都感觉到了这个城市尊贵的气息，却不能预先识破它悲剧的心跳。

八百年前，做过乞丐和和尚的安徽凤阳人朱元璋，在江湖奋斗多年以后，选择了应天作为大明王朝的首都，南京在沉寂多年后迎来了风华绝代，可惜风华绝代不是这座城市的命运，很快明朝将国都迁往北京，将一个未完成的首都框架和一堆王公贵族的墓留在了南京。

一百多年前，来自广东的洪秀全，忽然拉上一大帮兄弟姐妹揭竿而起，一路从广东杀到南京，他们也非常宿命地把这个城市当作太平天国的目的地，可是这地方也许有太平而无天国，也许有天国就无太平，湖南人曾国藩带着来自他家乡的湘军征伐南京城，踏平了洪秀全的金銮梦。

多少皇帝梦在南京灰飞烟灭，这座城市是一个圈套重重的城市，它从来就不属于谁。

如今我已经在南京生活了多年。选择南京作为居留地，是因为这座城市的大多数角落里，推开北窗可见山水，推开南窗可见历史遗迹。除了冬夏两季的气候遭到普遍的埋怨，外来者们几乎不忍心用言辞伤害这个城市平淡安详的心。中山陵在游客的心目中永远处于王者地位。当你登上数百级台阶极目远眺，方圆十里之内一片林海，绿意苍茫，你会承认当年料理孙先生后事的是一个"感觉很好"的班子。这是一个最适合伟人的灵魂安息的地方。在和平年代，紫金山与长江不必是御敌的天然屏障，它们因此心情愉快，尽职尽力地使身边的城市得到了山水的孕育，也使这个城市的上空蒸腾着吉祥之气。

午后小憩过后，在南京的街巷里，一些奇怪的烤炉开始在街角生火冒烟。无数的小店主与鸭子展开了遍布全城的战役，他们用铁钩子把一只只光鸭放进炉火之中，到了下午，几乎每条街巷都能闻见烤鸭的香味。直到现在，许多朋友提及的南京幽胜之地我还没去过，但一个人如果喜欢自己的居住地，他会耐心地发现这地方的一草一木的美丽。至此我无怨无悔地生活在这个历史书上的凄凉之都，感受一个普通人在这座城市里平淡而绚烂的生活。我仍然执着于去发现这座城市——但众所周知，这座城市不必来发现我了。

(图/兜子)

# 别人城市的天气

□王太生

别人城市的天气预报,可以预示这个人的衣着、情调、表情,以及他生活着的一天。别人城市的天气,晴转多云,多云转阴,抑或夜晚星光灿烂,演绎着这个人一天的色调、背景、走路姿势。

一朵云,孕育、蒸腾,飘到另一个地方变成雨,落在别的城市。别人的城市,有一对情侣在大风中奔跑,风播撒一地落叶。

我生活的城市在江之尾,一个朋友在江的上游给我打电话,说此刻外面正下着雨,我能从他的电话里,隐约听到雨水打在树叶上的"啵啵"声响。我想象着,此刻朋友在给我打电话,外面起风了,温度也渐渐下降,他那扇亮着灯的窗口,正覆着一层密密叶片的爬山虎,被雨水浇灌,湿淋淋,绿意盈窗。

别人的城市,有山,雨过天晴,山脊袅袅升腾起一层云雾,水墨山峦,这样的小城,看起来很美。有一个朋友住在楼上,他看到城市在暴雨倾盆时狂野的一面。那天下雨,电闪雷鸣。在这个时候,一个人蜷缩在一角,是渺小的。忽然一道闪电,从他住着的地方朝一座山头劈去,吓得他头皮发麻,打了一个哆嗦。朋友说,那是一道震颤灵魂的闪电。

有时候,谁也料想不到谁的舒适指数。去年,二伯给父亲打电话,说济南城里的气温一下子蹿到38摄氏度,没想到北方也这么热,只能宅在家里。二伯去了山东40多年,老头儿早已从一棵亚热带植物变成温带植物,很难再回到从前。

去过一座村庄,有个亲戚住在高敞的平房里。他那个地方,人不是很多,因为靠近海边,村庄的房子也不是很稠密。我老是想到下雨天,他捧着个饭碗,慢悠悠地坐在屋檐下吃饭。天气改变了一个人的出行习惯,也影响着他的生活方式,让他与家和房子亲密。别人城市的天气,影响着别人的心情。下雪天,不出门,那个人就窝在家里看书,或者喝酒。天气好时,他到郊外交友、钓鱼。

有天晚上,下雨,我躺在床上乱翻书,有人从新疆给我发来微信。那个人问,忙什么呢?我说,天黑湿潮,正准备休息。对方发给我一个哈哈大笑的表情,说我们这儿天气好着呢,外面天光大亮,余晖温暖,我正和一个朋友外出吃饭。想起西部和东部时差数小时,我先享受东方日出的光亮,他在那儿蒙头睡觉;我准备休息,他还在夕阳余晖里,意犹未尽。

别人城市的天气预报,好像与自己无关,却与心情有关。我在这座城市,朝另一些地方张望,几个朋友生活在别的城市,偶尔打量他们的生活,是关注远处的阳光温度、雾霾烟霭、阴晴圆缺,以及他们在暴雨、酷热下的生活态度。

(图/张晓芳)

# 喜欢不那么热情的店

□肖 遥

每逢节日，小区门口面包店的音乐声就会提高几个分贝，我会绕道而行。不光嫌太吵，还因为店员们过分热情令人不适：进门会被店员挡住前路，端着盘子请你品尝现烤的蛋黄酥。谢绝了她的盛情，目标明确地走到面包柜前，戴扩音器的服务员的尖锐声音就在耳边炸开："新出的盆栽蛋糕买一送一；黑森林蛋糕要不要品尝；看看这边的蝴蝶酥、肉松卷、菠萝包……"

直到离开，还有一连串鞭炮样的声音追上来。遇到这种形影不离追着你的店家，我真心想跟店员说："我不过就买个甜点，又不是挑钻石，可不可以放开我，让我安静地挑选？"

身为消费者很难不挑剔商家提供的服务，近之不逊远之则怨。《追忆似水流年》里提到一位过于冷淡的餐厅经理，普鲁斯特挖苦道："是一个人忘不了自己的身份而表现出的矜持，抑或是对一个无足轻重的顾客的蔑视。"够刻薄了吧？还没完，不撂狠话的普鲁斯特不算补刀王："对一些重要的客人，他鞠躬时亦会同样冷淡，但是腰会弯得深一些，毕恭毕敬，垂下眼皮，好像在葬礼上站在死者父亲面前或圣体面前一样。"

也许，我想多了。消费者面对的不过是一台服务机器，冷淡或热情不过是服务的一项指标，均可调试、修改、升降。小说《我曾伺候过英国国王》里布拉格郊区的宁静旅馆，就揭开了服务业背后的商业运作套路：一到晚上，整个旅馆便像上了弦的弓一样蓄势待发：负责服务的侍者们，既不能坐，也不能靠着站，只能反复整理东西，或轻轻地挨着茶几站着。当远处响起汽车行驶的声音，音乐响起，餐厅侍者立即将餐巾搭在袖子上，挺直腰板……

小说《便利店人间》里的店员惠子，就是便利店这台服务性大机器上一枚标准化的零件。她很满意自己的零件功能：客人来结账，她会看着客人的眼睛微笑并行礼，把热冷物品分开装，拿速食类商品会用酒精消毒双手……对完全不理解人间规则的惠子来讲，秩序井然的便利店反而是一种治愈。试图逃离人情世故的牢笼，惠子在常人眼中是个异类，只有顾客把她当作普通店员，保持着礼貌和陌生。

礼貌和陌生，我喜欢。就像我喜欢去的连锁咖啡店，服务一直"不怎么热情"。顾客的杯子被自己碰洒了，大呼小叫："服务员！快拿抹布过来！"柜台没人理他，他对着最近的工作人员大喊："服务员，我叫你呢，你装没听见吗？"距离最近的一位说"我们这儿没有服务员，只有咖啡师"。这家店不因对方是顾客而讨好，也不歧视流浪汉，每个进来的人在他们眼里都是人，他们自己也是。

（图/张翀）

# 酸 橙

□ 傅 菲

金华的亲戚送了我家一麻袋的橙子。橙甜，汁液淌嘴角。吃了橙，手也舍不得马上洗，用舌头舔一遍，把橙汁舔干净。村里没有人种橙。父亲说，这个橙好吃，下次来你带两棵橙苗来。

第二年，我家后院的空地上种上了橙苗。

又三年。橙子树高过了瓦屋，开了花。树冠呈伞形，圆圆的，撑开的伞一样。橙子花白白的，五片花瓣，中间是黄色的花蕊。满树的花，绿叶白花披在树上。我每天早上，起床第一件事，便是去看橙子花。花开时节，正是雨季，雨滴滴答答，也不停歇。每下一次暴雨，花落一地，树下白白的一片。雨季结束，花也谢完了。花凋谢了，青色的黄豆大的橙子结了出来。

橙子的皮还没发黄，青蓝青蓝，但个头已经塞满一只手掌心了。我便跑去摘橙子吃，用刀切开，掰开肉瓣，黄白色，汁液饱胀。我塞进嘴巴，又马上吐出来，眯起眼睛，浑身哆嗦。母亲笑了起来，是不是很酸啊？我说，牙齿都酸痛了，没见过比它更酸的东西，比醋还酸。母亲说，没熟透的果子都酸不溜秋的，等皮黄熟透了，酸就变成甜了。过了冬至，剥橙子吃，还是酸。

金华的亲戚又来了，我们这才知道原来是他给错了树苗。我们全家彻底死心了。橙子吊在树上，再无人问津。

过了几年，橘子树蓬蓬勃勃，树冠有一个稻草垛那么大。有一次，我表哥来，他是镇里有名的厨师，看着树上黄澄澄的橙子说："酸橙？这可是个好东西！烧鱼，用半个橙子，放点盐煮，其他什么作料也不用放，做出来的鱼比什么都鲜。"我母亲说，哪有用酸橙子烧菜的？表哥掌勺，烧了鱼，烧了酸汤。我母亲吃了，说，确是好味道，一个酸橙，烧出两个好菜。

邻居知道了酸橙可烧鲜鱼，烧酸汤，家里做喜事，提一个篮子来，向我母亲要十几个酸橙。提篮里，还拎十几个鸡蛋来。我母亲怎么也不收，说，以前觉得没用，现在可以提鲜，算是没白白种它。

有一年，村里来了一个收木料的人，对我父亲说，这棵树要不要卖呢？我出好价钱。父亲说，收它干啥？收木料的人说，酸橙木打木床，比任何木头都好，蚊子不进屋。我父亲说，钱再多，也会用完，树却年年开花，是钱换不来的。

（图/张翀）

# 掀开铁锅盖儿的那股惊喜，东北孩子都懂

□王文静

我对鱼以及鲜味的味觉记忆均来自松花江支流的一个大水库。优良的水质赋予这些鱼纯粹的鲜味，人们总是用"与土腥味绝缘"来形容这种鲜。

每次它们出现，仿佛一个小家庭里的人间盛事，要么贵客登门，要么是一个平淡无奇的日子，家中某个成员突然产生了大饱口福的念头，并在无意间获得了其他成员的积极响应。

不管怎么说，食物带来的仪式感通常与人们郑重的态度有关，水库鱼在构成味觉记忆的同时，也在一个小孩儿的脑海里建立起一条时空隧道。

它会让家庭气氛非常和谐，尤其是厨艺较差但自我感觉良好的一方此时会变得谦卑起来，比如我爸。虽然他放弃做主厨总以自己工作累了为由，厨艺精湛却身为家庭弱势群体的我妈丝毫不介意。

小小的我能感受到她的扬眉吐气，拎着一条水库鱼大步流星地进入厨房，腰板始终挺得倍儿直，她知道，等她大功告成，我们所有人都将臣服于她的围裙之下。

我们都要特别感谢那个灶台，是它让这种传统烹饪方式充满辨识度，无论从嗅觉、视觉还是味觉。灶台上的大铁锅气势威严，铁锅上方的墙壁往往是供奉灶王爷的地方。

终日与慈眉善目的神仙相伴，大铁锅自然耳濡目染，成了我妈的得力助手。白鲢也好，鲤鱼也罢，从水库打捞出收拾妥当，随即被她放入葱花炝锅后的大豆油中。

在大酱还没有向灶台鱼进军的年代，"猫把乎"，也就是藿香，统治灶台鱼的世界。这里的人们甚至形成了一种严苛的标准，灶台鱼就是要跟藿香在一起，永远不分离。

我的任务是为我妈采摘藿香。

藿香大多野生，不知什么时候就在园子里迎风招展。为了博得几分关注，它们通常把家安在最受欢迎的葡萄架旁边，这样人们在葡萄架下乘凉、玩耍，就会注意到藿香了，哪怕它的味道是那么让小孩子一言难尽。

还好有灶台鱼，藿香很快实现"天生我材必有用"的夙愿。在大铁锅里添加凉水之后，就和姜片、白醋、白糖一起帮助灶台鱼进行滋味的提升。

香味就是从这时候弥漫了整个厨房，散发出灶台鱼的信号。当然，还要感谢那些柴火，否则大铁锅不会释放出自己的威力和魅力。有时候，我们也会为灶台鱼加入一些配菜，粉条和豆腐，它们真是托了鱼汤的福，平淡无奇的小绿叶立刻变得神气活现。真正的勇士敢于直面充满挑战的人生，在吃完两个玉米饼之后，果断要了一小碗白米饭。当然，理由无非是：鱼汤这么美味，你们怎么可以浪费？

（图/麦小片）

# 口欲何患

□夏 昕

说起对食物的热爱与尊敬，我首先想到的便是宋同学。高中同窗三载，我对宋同学记忆犹新的有三件事，其中一件就与吃有关。

我们那时开学缴清学杂费和伙食费后，餐票就发到了各人手里，每餐用一张，一个学期结束刚好用完。倘若要加餐，就得另掏腰包购买餐票。不过食堂饭菜难以下咽，勉强塞下三两饭保证不饿，已算是非常不错了。宋同学则不然，每餐快速完成"规定动作"后，就开始了"自选动作"——敲着洋铁碗去食堂再补上二两饭。第二碗下肚，他才心满意足。

大学毕业后我们都分到县城工作，数年后机缘巧合两人又先后来到了省城，聚会的机会自然更多了。一次酒酣处我说起他高中秀肌肉的事，早就不记得此事的宋同学哈哈大笑，然后又给自己"补上一刀"：数年前他慕名前往一家"网红"酒店，特意点了招牌菜酱香猪手。当香气扑鼻、外脆里嫩、筋肉绵软的猪手端上后，宋同学迫不及待地抓起一块就啃，刚吞下几口，突然"咔嚓"一声，一颗牙齿啃在骨头上，崩断了。第二天去补牙，花了数千元。宋同学说，这是他这辈子啃的最贵的一块猪手。但对口欲之患，宋同学似乎只有七秒记忆。前不久，他又被鸭骨头卡伤了食道，弄得好几天只能靠喝粥度日。

此事倒是充满情趣：事业有成的宋同学早已尝尽山珍海味，但他对夫人做的家常菜情有独钟，数天不吃，嘴里馋虫就被勾了出来。

前些天，夫人给他做了一道我们家乡特有的血鸭，宋同学正以狼吞虎咽之势为夫人厨艺点赞，突然感到吞下一块鸭骨头，食道被划了一下。当时他并不在意，一觉醒来喉咙痛得吞咽口水都困难，到医院检查发现一块鸭骨头卡在了食道里。这时他才明白为啥每次去岳母家吃饭，岳母见他气吞山河的架势就急得不断地提醒："小宋慢点吃，菜多着呢！"此时终于成了"多么痛的领悟"。食道划伤喝了几天粥，宋同学头一回感到了什么叫作"嘴巴里淡出鸟来"。伤好后赶紧让夫人下厨做了几道美食，又开了一瓶珍藏多年的红酒，好好地为自己压了压惊。

其实对口欲，我抱有天然的尊重。父亲喜欢吃五花肉，我让母亲隔三岔五给他做一碗，然后我用勺子一口饭一口肉地喂父亲，耄耋之年的父亲胃口大开，很快将大碗饭菜吃完。我随父亲，亦喜蒸得烂软的五花肉。自从体检查出胆固醇偏高，我不敢多吃，但也从不拒绝。偶尔吃上一两块，顿生人生惬意、夫复何求之感。因此，每当将筷子伸向盘中，将一颤一颤的五花肉送进嘴时，我真切感到自己跟宋同学是同道中人。

（图／木木）

# 向稻子致敬

□孙培用

过完春节没多久，人们就开始盼着了：出门对着天空摸一摸风暖和起来了没有，看冻的土化透了没有……

总算盼到了合适的时节，赶紧育苗，赶紧打田。漫种、上水，做床、翻土、筛土、施肥、浇水、通风……每个环节都马虎不得，没有一个细节可以省略。

嫩苗一天一天长高。不久，就该插秧了，插秧，那真是大场面！一大早，人们就忙活起来，煮饭，做菜。一人吃上几碗米饭，下地干活才有力气。

沉静的稻田早就贮好水等着这一天，在悠悠的白云下面，人们踩在水田里，一只手握着一大把秧苗，另一只手分出一束，迅速而稳当地插进水下的泥土里。播完一排，倒退着插下一排。就这样，一匹匹新织的绿绸，在土地上缓缓铺展。

六七月，气温极高。人们戴着草帽、顶着烈日在田里薅草。薅草是良心活儿，杂草总是比稻子长得快，跟稻子争水、争肥、争空间。因而，薅草弄得不好的话，这一年的收成不用指望了，"你糊弄稻一刻，它糊弄你一季"。

于是，人们迎着蒸腾湿热的暑气，弯着腰，弓着背，跋涉在泥水中，既要把草拔掉，还要顺便给稻苗扒扒根，让稻子长得更好。

等到九月，一片金黄把乡村照亮。阳光下，一片片田野里，成熟的稻穗低着头微笑着，一株一株秩序井然地挨着，欣喜地等待着履行那个神圣的承诺。

晚上，在月光下，人们把镰刀磨得亮亮的，像明亮的弯月。在那个早晨，人们饱饱地吃上几碗米饭，要把攒了许久的力气使出来。

咔嚓！咔嚓！咔嚓！镰刀收割时发出的声音，那么清脆，那么嘹亮，那么动听。挥动着镰刀的人们弯着腰，弓着背，向土地表达最虔诚的敬意。倒下去的庄稼，以另一种姿态再次亲近土地，谦恭地感受土地的恩泽。

当最后一辆满载庄稼的车消失在田野的尽头，田野突然变得轻松，知足地睡熟了。

米饭的香味，弥漫在每张餐桌上，弥漫在每个院落里，弥漫在田野和天空中，弥漫在每个乡村和每座城市里，给人们带来安宁和满足。

手捧着滋养了身体、滋养了灵魂的香喷喷的米饭，我们向脚下的土地致敬，向躬身于土地的人们致敬，向大地上的每一株稻子，致敬！

（图/HHYM）

# 满船清梦压星河

□王春鸣

有几个吃腻了食堂与外卖的孩子来我家吃火锅,直吃到凌晨,锅底从海底捞骨汤换成了清汤,阳台上的几根葱和二月兰也被拔来涮了。他们在异乡读书或者工作,有一些年轻的悲欢。其中一个孩子喝光了杯底最后一口红酒说:"老师,我没有带礼物,送你两句我最喜欢的诗吧!""醉后不知天在水,满船清梦压星河。"

醉后有梦,梦境幻美,这是元末唐温如的传世绝句呢,我也确实喜欢。我起身给他们煮粥去,喝多了酒,米粥可以养胃。

这淡黄是有名字的,就叫作米黄,像透过云层的阳光那样,敛尽了锋芒,还给稻米一种难以言说的美和质感。他们在餐桌旁小声地聊天,砂锅也在小声沸腾着,渐渐香起来。时正五月,远方的漠漠水田已经开始飞着白鹭吧,大片的稻子在青黄相交之间,静美而盛大。

生命里起码有二十年,我尝试了各种酒,却没有得到最好的醉。用它来配合青春的聚啸狂欢,或者少年心事,可以。而真正难过了,它似乎只会引发阵痛。

直到有一回,在苏州的灶台边,因为口渴,喝了一口主人家用来烧鱼的料酒,清澈淡黄的家酿,一口下去,又忍不住喝了一口,顿时瀑布垂落喉间,我热泪盈眶,就好像转山遇海,忽然遇到了灵魂知己。

这米酒不动声色,随意灌在一只塑料瓶子里,然而随着我手的摇晃,你会看见温柔的阳光,会看见一粒粒米,在发酵和沉醉中,向它最好的岁月走去。

后来我就学着自己酿米酒,酿酒的过程中,最长的一道工序是等待,等待瓮头鸭绿变鹅黄,等待面米酿出春风香。然而每一次酒味都不同,却原来,这米酒的酿制,和古人写诗差不多,有好有坏,有平淡无奇,也有惊艳。

同样是米的事情,煮粥比酿酒快多了。将煮好的米粥端上桌,因为配上了糖桂花和枸杞,大家开始七嘴八舌讨论《红楼梦》里各式各样的粥,贾母的红稻米粥、碧粳粥,袭人生病时的米汤,还有林黛玉喝的、用银吊子熬出来的冰糖燕窝粥。又说到种田山头火,日本一个托钵行脚的僧人,托钵行脚就是没有目的地的乞行浮浪,这是人生被规定好了的人不可能有的人生,他有一首自由俳:"只余剩米慢慢煮,一阵雨。"他的剩米,煮的也是粥吧。

酒是引发诗意和伤口的,而粥大概是最治愈的食物了,米粒和火硬碰硬之后,变得像梦一样柔和。米酒加米粥,我的落地窗外,也时有一阵雨,而今夜,一片星河。

(图/蝈蒟猫)

# 小雪将雪

□刘琪瑞

天渐寒，雪将至，又是一年小雪时。小雪是二十四节气中的第二十个节气，也是冬季的第二个节气。古人对大自然善于观察和总结，以五日为候，三候为气，六气为时，四时为岁。其中小雪的候应为三候："初候，虹藏不见；二候，天气上升地气下降；三候，闭塞而成冬。"这是说此时美丽的彩虹不见了，阳气下藏地中，阴气闭固而成冬，万物萧索，一片肃杀，冬季降雪即将拉开大幕。

小雪节气不一定下雪，而是指气温越来越低，降到了足以下雪的程度。农谚云："小雪不砍菜，必定有一害。"此时，庄户人家开始砍收地里的大白菜，精心盘扎入窖储藏了。小时候，母亲常带着我们，踏着薄薄一层小雪，到菜园里采收青青红红的雪里蕻、大头大脑的辣菜疙瘩。雪里蕻又叫"霜不老""雪菜"，似乎它就是专为霜雪而生的，即使被打压得蔫巴巴的，一旦见了阳光照样挺立起来，精神抖擞。

"小雪飘，羊肉俏。"冬令进补，最美的莫过于吃羊，最好的形式是涮羊肉。围炉品羊是冬天里最惬意的事，五六至交围着一只咕嘟咕嘟作响的火锅，羊肉的鲜香一波波飘满温暖的小木屋。白居易说："晚来天欲雪，能饮一杯无？"当然要有酒了，围炉品酒夜话，守一窗寂寂雪影吟古诗，等待风雪夜归人望见此处温馨之光，前来叩响寂静的长夜。

小雪，是庄户人盼丰年的乐章。农谚道："小雪雪满天，来年必丰年。"这里有三层意思：一是小雪节气落雪，来年雨水均匀，无大旱涝；二是下雪可冻死一些病菌和害虫，开春农作物少有病虫害发生；三是积雪有保暖作用，利于土壤中的有机物分解，增强土壤肥力。

小雪，也是诗人的，那种轻盈飘逸、天马行空，那种晶莹剔透、洁白无瑕，总令古代文人墨客们吟诵赞美。盛唐的戴叔伦守着木格小窗读书，抬头望雪，吟道："花雪随风不厌看，更多还肯失林峦。愁人正在书窗下，一片飞来一片寒。"晚唐的高骈被庭外的白雪映青竹所感染，诗云："六出飞花入户时，坐看青竹变琼枝。如今好上高楼望，盖尽人间恶路岐。"五代的徐铉感叹又是一年将尽时，光阴如梭，韶华易逝，诵曰："寂寥小雪闲中过，斑驳轻霜鬓上加。算得流年无奈处，莫将诗句祝苍华。"南宋的陆游则幻想乘着雪花轻盈的羽翼，在冬日的夜波里遨游，"匆匆身如梦，迢迢日似年。会当乘小雪，夜上剡溪船"。

（图/HHYM）

# 月光汤

□徐 徐

乡下的夜空升起一轮明月，月光便洒满了山林村舍。月光很亮，亮得连父亲都觉得，待在屋内睡觉未免太过可惜。于是，他便带我去湖边夜钓。月光清澈、白亮，想是鱼儿也不忍就此睡去，纷纷就着一盏月光灯，在湖中来回穿行。鱼饵明晃晃地摇曳在水里，鱼儿纷纷咬钩。就这样，父亲的鱼篓很快便满了。此时，明月依然高悬在夜空之中，意犹未尽的父亲，并不打算回家。

但我有些饿了，父亲索性找来一个废弃的陶罐，就着湖水洗净，然后支在火堆上——他要煮一罐鱼汤。水，从湖里汲取而来，白白净净；鱼，是刚刚钓上来的，也白白净净；月光，自星空流淌而来，更是白白净净。父亲说，喝下这白白净净的月光汤，心里就会安宁无比，少怨，无烦。很快，鱼汤泛起了奶白色，像一捧捣碎的月光，皎洁地盛在罐子里。

记忆中，为了家人，父亲埋首田间地头：每遇旱季，我们都要用好几辆水车，将山下的泉水往高处的梯田里翻送。月光下，父亲和我一人负责拉动一辆水车，一级一级地朝上翻送水。一车车白花花的月光泉便这样，从低处翻进我们的梯田里。常常一忙就是一整夜。

累了，父亲便以堤埂为床，躺在月光里，小睡一会儿。有时，我会抱怨，觉得这活太累，收益低，可父亲却说，百滴水就能救活一棵稻，只要水到了，就不会颗粒无收。"莫要怨了，月亮不都在陪着我们，给我们照明嘛！"

暑假时，父亲常去集市卖红薯，凌晨两点便要担货出发。夜行山路，我替他打手电筒，给他壮胆。倘有明月当空，父亲便会独自上路，不要我陪。月光，便是他的伴，他的明灯，他的保护神。

中考那年，我考得不好，没能被县城里最好的高中录取。一天晚上，父亲和我纳凉说闲话，他说："你别看现在天这么黑，等月亮一出来，这里便会亮堂起来。生活难免坎坎坷坷，过了这个坎，就一定会好起来的！只要心里有月亮，每个日子都是亮的。"父亲的话点拨了我，让我重拾信心。后来，我考上一所重点大学。

一罐月光汤，一车月光泉，一弯月光路，我终于读懂了父亲：因为心中始终有月光，他才能在岁月的千沟万壑中岿然不动，且从不发一声怨言。在父亲看来，不管遇到何种困难，只要心常被月光滋润，人生便有希望和奔头了。

（图/张翀）

# 草木恩典

□子 聭

草的香，似乎只有在两个时间可以闻出来。

一是在被碾轧或拦腰斩断的时候。这时候的草，像是慷慨就义，被镰刀、被车轮，割断、碾轧，散发出奇特的生命的香。这香味，让人觉得有一种拿生命才换得来的美。我追求这种香，似乎也在一定程度上验证了，人是具有动物性的，格外爱这些草木滋味。

另一是在草被熬煮的时候。我的父亲是一位中医，小时候，我常常爱在他的中药橱边转悠，可以闻到与众不同的草木香氛。

秋天到了，草木走向成熟，似一个男孩走向青年，一个女孩发育完善。旧时，在乡间，我喜欢睡在小溪边的草甸子上，一边看蓝天白云，一边嚼草根，我觉得，这简直是神仙般的日子。小时候放羊，我把羊拴在溪边的小树上，就往地上一躺，看着羊羔吃奶，母羊反刍；我呢，则效仿羊的样子，去尝一尝草根。

草木的根深深扎进土地，它是最能吸纳天地灵气的，牛羊通过青草来摄取营养，我们再通过牛羊的肉来摄取营养，然后，牛羊和人的粪便又可作为肥料给青草带去营养。这个循环看起来有些吊诡，实际上，又是多么巧妙的一个轮回。

青草，在这样一个轮回中，无疑扮演了"双面人生"。成全人畜，又替人畜打扫垃圾，还这个世界天蓝水碧，它们的一生近乎伟大。

我有一位诗人朋友，他有种奇怪的感觉，每次在城市里居住久了，吃得大鱼大肉，诗性会逐渐泯灭，写不出东西。这个时候，他就会到山区的寺院里，找一处周遭长满茂密树木的禅房来住，日日食蔬，这样，就能诗性重返。他说，他获奖最多的诗作，是寺院里的那些草木和蔬菜给予的。这是何其美妙的草木恩典！

有时候，我实在羡慕那些古人，居住的全部是木材架构的房子，戴的帽子是斗笠，披的是蓑衣，穿的是木屐或草鞋，这样，才有"一蓑烟雨任平生"的潇洒。现如今，你披着满是塑料味道的雨衣，穿着不透气的胶鞋，能"任平生"吗？我不是过激，只是想表达，人一亲近草木，就滋生了健康，培育了高雅，构建了和谐。

草木的恩典，也许是它们自己都不知晓的义举，但，它们一直在做。也多亏了草木的这份坚守、这种任性，才让我们有机会——食草，刷新自己；闻香，愉悦心智；观色，养眼醒神。

(图/木木)

# 承认吧！和碳水最搭的还是碳水

□饱 弟

不知道出于什么样的原因，南北方许多地方都把油条作为碳水包碳水的主角，比如，北京烧饼馃子、天津煎饼馃子、上海大饼包油条等。

在许多天津人看来，天津煎饼馃子的面，只能是绿豆面。绿豆面韧性差，容易摊破，但这些凹凸不平的小洞刚好能让蛋液充分接触饼铛，产生焦脆的蛋花。这时再往里放馃子和馃箅儿。煎饼馃子整个儿就是碳水包碳水叠碳水。

而在上海，油条最好的归宿是大饼。上海大饼有甜咸两种，甜大饼用白砂糖做馅，呈椭圆形；咸大饼则做成圆形，里面裹着葱花和适量盐。咸大饼最适合用来包油条吃。油条要脆，吃到嘴里"咔嚓咔嚓"才有意思。除了大饼包油条，上海人也爱粢饭包油条。但粢饭里的油条常常是冷的，软趴趴，吃起来无甚趣味。如果临近有炸油条的摊子，买一根刚出锅的热油条，请粢饭老板帮忙包起来才值得一吃。

对冷掉的油条，杭州人另有一种吃法——葱包桧。将油条拆成单根包到两张春饼皮里，加进小葱，用铁板压烤，一直烤到春饼皮变得金黄硬脆。最后刷上辣酱，把两个春饼压在一起吃。

山东煎饼号称能包一切，所言非虚。山东煎饼的饼皮一般用麦子、玉米、小米、高粱、地瓜等制成，能存放很久。吃的时候就往里夹油条、鸡蛋、大葱、虾皮、榨菜、酱等。在潍坊一带，甚至会用煎饼卷饺子。口味重的人，还可以边吃边蘸臭豆腐！

华北许多地方都有一种叫馓子的小吃，这是一种用油炸过的纤细面条，油香酥脆，完全不输薯片！馓子的吃法很多，可以直接当零食吃，也可以泡汤、泡粥、泡牛奶、煮面吃。而在徐州，馓子最好的归宿是卷在烙馍里。薄如蝉翼的烙馍卷上馓子，撒一把鸡蛋炒的盐豆子，再来一碗白粥，就是徐州人最爱的食物。

武汉的重油烧卖是更加彻底的碳水炸弹。首先是糯米馅里会加入更多肉粒和皮冻，增加脂香。再佐以黑胡椒，用厚厚的烧卖皮将厚重的肉汁和香味全部裹住。吃的时候，满口流油，一脸满足。这还不够，武汉早点摊的老板往往还炸得一手好油饼。刚出锅的油饼金黄蓬松，老板利落地戳开一个大洞，夹起旁边刚蒸好的重油烧卖，整个塞到油饼里，外脆里软，油脂横流。

时至今日，我们已经很难探究，到底是谁创造出碳水包碳水这样看起来奇葩、吃起来真香的美食了。也许是出于偶然，也许是为了高效补充能量，这些现在已显得不再重要，只要我们一直热爱碳水，类似的碳水包碳水食物就会一直出现。

（图/木木）

# 弄花一岁，看花十日

□冯 唐

文震亨讲："弄花一岁，看花十日。"

就是说你伺候花一年，看花看几天呢？看10天，这个估计非常准确。

我在一个院子里完整地待过5年，院子里有两棵海棠，一棵是西府海棠，另一棵也是西府海棠。西府海棠每年在清明节前后最多开20天，经常是10天，通常两周左右。

风一吹，雨一刮，北京春天的风沙又大，花就稀里哗啦地全扑倒在地上，全扑倒在院子里。

我常常想，为什么要有这两棵树？我之前讲过，花开之后，落了一地花瓣，踩上去有种吱吱嘎嘎踩地毯的感觉。

夏天长出一大堆叶子，长出一大堆果儿；到秋天先是果儿噼里啪啦掉了，掉了一地，你得打扫；再是叶子噼里啪啦掉，又得打扫；到冬天风一来，额外的花枝，额外的树枝，还要掀房掀瓦，你还要修剪。

"弄花一岁，看花十日"，看上去简单八个字，但这是实情实景，很受累的。那么就有一个很自然的问题，为什么要受累？

想来想去，为这10天的花期也值了。这10天花一开，从刚刚露出一个小花苞，到慢慢开放，到半开，到全开，到花残，到花落。这10天，你天天在花下支一张桌子，天天冰两瓶好酒，天天请三五个朋友在花下吃喝聊天。

哪怕只有10天，这一年你都觉得没白过，这就是为什么会有"弄花一岁，看花十日"，这样一件投入产出极低的事儿还是有很多人愿意干。

（图/兜子）

# 赶 海

□钟友梅

赶海,经验很重要,说大一点就是需要"上知天文,下知地理"。所谓"上知天文",就是要掌握天文潮时间。"初一十五落大潮",每年5—8月是赶海的旺季,而每月的农历初一至初五、十五至十九是天文大潮汛,大潮汛时海水退得又远又快,一些行动迟缓的贝类、海鲜就会被搁置在滩涂或礁石上,是赶海的最佳时间。"下知地理"就是要熟知地理环境、熟知大海的脾性、熟知小海鲜的生活习性。比如螃蟹喜欢躲在石头下,比如猪肚螺、白贝喜欢藏在滩涂里,并且喜欢扎堆,如果找到一只螺后继续挖下去,往往会找到一窝海螺,给你一个大大的惊喜;比如方额列虾蛄,身上长着斑马一样的条纹,当地人称之为斑马皮皮虾,喜欢钻进沙子里,会在沙滩上留下小洞口,若用抽桶往洞口的方向抽一下,或用绳子吊一颗钉螺放进洞里,就能轻易地手到擒来。

沙扒湾东高西斜,开阔平缓,在海湾的西侧是一片悬崖,礁石壁立嶙峋。当地人最喜欢这个地方,因为退潮时常有石斑、石九公、海鳝之类的大家伙藏在石头缝里,是赶海的"富矿"区域。所以一到退潮,本地人就会率先奔那片礁石林而去。礁石缝里更多的是一些小螃蟹,由于石头缝细小狭窄、表面平滑,人很难进去,也就无法捕捉,所以小螃蟹们在石头缝里成群结队地攀爬游荡,见着人也不躲避,一副有恃无恐的样子。还会发现一摞摞附着在礁石上的鸡爪螺,由于礁石很滑不易采摘,需要用铲子或刀在礁石上敲凿一番,才能取出来;附着在礁石上的还有青口,青口其实叫青螺,因其外壳缘口上有一道弧形的青蓝色花纹,鲜艳亮丽,让人爱不释手。

如果运气好,还可以在礁石缝里发现石九公、海马、海星、海胆等渔获。石九公,当地人也叫石狗鱼,肉质嫩滑鲜美,一直是我们的至爱,但石九公的背鳍坚硬而锐利,稍不小心就会刺得你鲜血直流,让人又恨又爱;还有虾蛄,也叫濑尿虾,全身披着铠甲,爪子锋利,性情凶猛,在海水里横冲直撞;而海胆,活像一只海底刺猬,浑身乌黑,长满一根根又尖又利的刺,让人望而生畏。是不是美好的东西都需要刺的保护,是不是柔软的心灵都需要坚硬外壳的抚慰?或许,造物主早已做了最好的安排。

背着鱼篓在海滩上溜达,我早已没有了少年赶海时的急躁。人到中年,跨过了跟跟跄跄的时光,脚步变得沉稳。我忽略了赶海的目的,却在不经意间收获了惊喜。

(图/木木)

# 秋天是场人间秀

□章铜胜

每年秋天，晒秋的照片便扑面而来，你无法躲开那一场场色彩艳丽、纯粹的炫和秀。婺源的篁岭在群山环抱之中，在徽州老房子的楼上，竹竿伸出的架子上，摆放着一个个竹匾，竹匾上晒着红的辣椒、橙黄的玉米、金黄的菊花、粉白的山芋干，也不只是这些，还有一些山里人家收获的其他东西。秋天里，乡村总有许多可晒、要晒的东西。在篁岭，从不同的角度看过去，总能看到那些色彩缤纷的晒匾，它们点缀、调和着徽派老房子粉墙黛瓦的深沉色调，在青山之间，在秋阳之下。

去皖南歙县的阳产，是在一个秋日的黄昏，我对阳产土楼是熟悉的，它们太朴实了，有点山里人的憨厚和纯朴。而那天，再次看到这些群山之中的土楼的瞬间，我有一种艳羡时光的感觉，它们那样安静而又华丽的形象，让我默然不语，就像见到一个熟悉而又陌生的人，又生怕惊动了眼前的风景。我静静地站立在高处，凝神望着眼前的土楼和混杂其间的几栋徽州老房子，恍如置身尘世之外。定睛细看，许多土楼上晒着一些竹匾，只是竹匾里的东西摆放得更随意一些。竹匾里有青的红的柿子、雪白的金黄的菊花、青绿的橙黄的南瓜、红豆绿豆、褐色的栗子、红色的辣椒、雪白的棉花。在阳产，晒秋是那样随意，就像秋天随意地在山间、田野涂抹一样，不在意色调，它的创意也是随意的吧。

总觉得秋天的这场秀，是在一棵棵秋树之上。秋天，在黄山脚下的太平湖边，我走在湖心岛的栈道上，眼前有几株柿树，叶子将要落尽，树枝上挂着一个个橙红的柿子，透过柿树和树上的柿子望出去，远山深蓝，湖水碧蓝，沿岸，蔚蓝的波浪卷起堆堆如雪的浪花。秋天，便在柿树如画的景框中明媚起来。

我是在某个清晨，去看黟县塔川秋色的。在清晨的薄雾里，村庄中，粉墙黛瓦的人家已经有几处炊烟升起，能听到不远处的鸡鸣犬吠之声，乡村的自然景致就这样坦然地呈现在眼前。在浓白的雾里，深红欲滴的应该是乌桕，我老家村东的石桥边，也有一棵乌桕树，在这个季节，它就是我眼前所见到的样子。老家的那棵乌桕是社树，村里没有人会伤它的一枝一叶，这几棵乌桕不知道是不是，即便不是，它们那样好看，可能也不会有人去伤害它们的一枝一叶吧。凤凰山的银杏树很老了。秋天，银杏叶全黄了，一树金黄。风中，银杏叶扇动秋风，纷落如蝶，落了一地，一地的金黄。我喜欢一个人站在银杏树下，看树上叶黄，看风中叶落，弯腰捡起地上的黄叶，这是我与那株老银杏的秋日秀。

与一棵树共秀，便有时光的静美了吧。

(图/木木)

# 怎样的"水土"才养人

□游宇明

不久前听了一个演讲,演讲者引用了一句俗语,叫"一方水土养一方人",演讲者自然是从正面理解这句话的,我听后却反复在问自己一个问题:怎样的"水土"才养人?

中国人习惯于将"天""地""人"并列,"天"与"地"就是人的"水土"。我们可以想象一下,没有高山、没有河流、没有原野、没有草木,我们无处获取木料、种植粮食、接来饮水,人怎么去生活?"水土"不仅给我们自然的凭靠,也给我们的心灵以慰藉。然而,我们也应该想到,能养人的"水土"一定是好"水土",如果我们的河流是被各种工业与生活废水污染了的,如果我们的原野四处撂荒,看不到庄稼,这样的"水土"不仅不能养人,还会害人。

大自然的"水土"是这样,社会的"水土"同样如此。假若一个社会人文生态和谐,我们的心灵就会被社会养得活泼开朗;假若一个社会风气不好,大家都视他人为地狱,我们的心灵必然变得狭隘偏激。

在我看来,社会的好"水土"需要这样几个条件:第一,社会必须是诚信的;第二,社会必须是善良的;第三,社会必须让我们每个人最大限度地发挥个人的才华。

任何一个时代、任何一个社会,都不敢保证没有个别人作恶,但社会的总体必须善良。孩子摔倒了,陌生人扶一把;有人出了车祸,旁观者帮助送一下医院;学生无钱读书,有能力的人捐上一点钱,都不需要我们付出大的代价,然而,有了这样的温暖细节,得到救助的人会感受到社会的关心,日后可能向别人传递这份爱心。当社会总体的善良得到了保证,我们出门在外,才有真正的安全感,我们的言行也才会变得绅士。

养人需要社会的好"水土",但这好"水土"不会从天上掉下来,也不会从地底生出来,它说到底还是要依赖两种力量,一是每个个体,二是组织化的公权力。每个个体都有人人是别人的"水土"的意识,尽可能给这"水土"注入正能量,社会的"水土"自然会越来越好。组织化的公权力有足够的社会责任感,能够认识到自己肩负的使命,它就会抓好社会体制、机制的顶层设计,将绝大多数人的美好愿望变成政策、法律,让社会的列车在良性的轨道上运行。

"养人"的"水土"从来是有责任感的人创造出来的。

(图/豆薇)

# 查干湖的冬梦

□文 珍

七八年前，去吉林查干湖看过一次冬捕。

在十二月底的某天，我和小莉阿姨一起坐上飞机，开始这次奇妙的同游。时隔久远，只记得在机场看到她穿得极多，围巾、帽子、手套一应俱全，而我也在她的提醒下全副武装，后来祭湖时只能滚动前进。饶是如此，却也在两天后的妙因寺遭遇严寒毫不留情的狙击，用阿姨的话说就是："穿再多也没用，一下被风打透了！手根本不敢拿出来！"

那天在妙因寺其实并没有风，只有漫天漫地无处不在的寒意。也是那次，我见识到了东北室内外的巨大温差。

第三天才真正到冰湖上。

和妙因寺的阴冷不同，太阳出来了，一切都不一样了。依旧没下雪——大雪纷飞只在南方人的想象里，到处都是冻得铁硬的地，固态的水，没精打采的枯枝。仍然活跃的，只剩下湖面上兴高采烈的游客们，跑来跑去的狗，马，汽车。

那是冬捕祭湖的正日子。不知从什么地方跑过来数不清的人，还有看上去就很重的载货大卡车在冰上深思熟虑地开着，让人想起《西游记》里的通天河。师徒一行来到河边，看到冰上有人行走，问了才知是去西梁女国做买卖的，这边百钱之物那边可值万钱，反之亦然，因此"人不顾生死而去"——也就是说，并不是没有冰破人亡的可能。唐僧便感慨道："世间事唯名利最重。似他为利的，舍生忘死，我弟子奉旨全忠，也只是为名，与他能差几何！"光为这句，也不能说三藏一味迂腐。

而此时查干湖偌大冰面上熙熙攘攘，车来人往，却不知为名还是图利——此地的冰肯定比通天河结实得多，如此才能容许多演员装扮成萨满在冰上舞戏。我站在一个台子上远远看着，学本地人买了一根冰糖葫芦慢慢地咬，只觉得牙间冰凉甜脆。

少顷，机器开始凿湖。许多人往那边跑去，连卡车都轰隆隆过去了，我却不禁替那已破的冰面担心。又过一会儿，有人发一声喊：捉到头鱼了！

更多的人跑过去了。我也下了台子，往那边走了几步。阿姨突然出现在旁边，拉着我就跑。但头鱼似乎不止一条，因为很快又看到其他人怀里抱着大鱼欣喜若狂地狂奔，唯恐有人要抢。一个小个子男人怀里的鱼尤其肥硕，还有个穿貂的妇人，不怕脏地紧紧搂着一条还在大口喘气的胖鱼。原来不是头鱼，是头网——拖上来了一整网。在那样举世若狂的气氛下，多少钱一斤也是有人要的。但会不会是早就在冰下备好的养殖鱼？购买头鱼也多半是商人求个彩头——如此看来，也仍是"为利"。但更可能是名利不能定义的一种仪式感，以及成年人的游戏中难得的快乐。

(图/罗再武)

# 炸鸡啤酒配初雪，电闪雷鸣配炎夏

□静 思

夏季的"好朋友"是谁？在我心里，夏季的"好朋友"则是一个雷雨天。少了雷雨天，夏季的灵魂都变轻飘了几分。

在一个平凡的夜晚，我却见证了有生以来最惊人的一场雷雨。

一开始，空气低沉的气压就像天上的乌云在喘着粗气，闪电不知为何十分生气，唰的一声亮出宝剑，一剑剑锯齿状的白光劈开了夜幕；若隐若现的雷声初始还矜持一番，像一个收敛着机灵、四处试探的顽童，当发现你拿它毫无办法，便开始肆无忌惮地叫嚣，一声又一声吼向夜空。然后就听见石子一般的雨点砸向世界，落在屋顶、树叶、草丛、路边的坑洼处。它们无处不在，犹如天兵得到雷声的召唤，莅临人间来参加这场肆虐的狂欢。

雨越下越大，像决堤一般，马路很快变成了汪洋。马路上有汽车匆匆开过，水花溅到两边，好像迫不及待要脱离这汪洋、寻找自己的自由。看到这番热闹景象，雷电更加受了鼓舞，于是一轮又一轮的电闪雷鸣启动了。

今天我们看雷电，都知道那是自然界的正常现象。但在古代，人们只能凭借想象把打雷闪电解读为雷公电母、天上的神仙的作为，甚至生出图腾崇拜。对雷电，旧时的人最常见的一种心理就是把雷电当作上天的发怒。因此，人们面对雷雨天诚惶诚恐。

我之所以把雷雨天和夏季捆绑在一起，就是因为雷雨天和夏季于我而言有着浓烈的色彩和味道。就像西瓜的甜、火锅的辣、36摄氏度的艳阳、50米泳池里的清凉。它们不期而遇碰撞在一起，会带给你惊喜。

大学暑假实习的某天，结束后的我走在回家的路上。原本让人汗如雨下的天空几秒就变了脸，乌云飞速冒出漫布天际，就像暗黑系的大魔王要把天地吞没、把世界压扁，接着就是一阵能穿透身体的雷声环绕四周，雨水如帘，劈头盖脸就来了。

雨势太大，我在不远处的一家小超市门口伫立，一边看这雷雨天里如我一样的狼狈行人，一边焦急地等待雨停。众人皆如此，空气中弥漫着怨气和焦躁。

五分钟后，雷雨就像启动了机关，戛然而止。我漫长的反射弧还没反应过来，一抬头就看见天上架着两道同心彩虹，笑眯眯地望向世人。之前如火烧过一般的空气冷却下来，一丝潮湿、一丝清凉，还有万物被洗刷一新的清新味道包围着我们。夏季的雷雨常常以不速之客示人，打断我们的计划和行程，它让你急躁、无奈、苦等，但最终总会让你迎来舒适和开怀。

就像韩剧里初雪时要吃炸鸡、喝啤酒一样。夏季与雷雨天是绝配，有时阴霾密布、大雨倾盆，但阳光与彩虹总能在雨后露面。而我愿意把这看作人生诸多故事的结局。

（图/熊LALA）

# 雪夜涮羊肉

□沈嘉禄

妈妈在世时有一个很要好的小姐妹，同一条弄堂的，住在我家对面，平时一起在生产组里绣羊毛衫。这个女人过去在百乐门做过舞女，后来成了国民党军官的姨太太，解放军过长江后的第三天，这个上校军官带着大老婆奔香港了，把一个儿子和一个大老婆生的女儿扔给了她，从此杳无音信。

几十年来，她就是靠一枚绣花针绣出了一家三口的吃喝，尴尬头上也会趁天黑未黑之际跑跑当铺。她居住的那套统厢房里有一堂红木家具，沉沉地坐着一丝底气，也仿佛守着一份微弱的希望，可是短短几年里就一件件地搬光了。红木家具贱如粪土，她家的一具梳妆台雕饰极其精美，台上插着三面车边的花旗镜子，人面对照一点不走样，才卖了60元！

这个女人因为从前过惯了养尊处优的日子，据说还吸过一阵鸦片，身板单薄，脸颊瘦削，一副弱不禁风的样子。

她的酒瘾极大，每天要喝两顿白酒，她家里的茶杯没有一只不残留浓郁的酒味，怎么洗也洗不掉。

大人叫她老三，因为她在家里排行老三。我则叫她李家姆妈。

李家姆妈对吃是讲究的，一到冬天就开始筹划吃涮羊肉了。今天的青年人听到"筹划"两个字或许会笑，但在当时确实要群策群力地筹划，在猪肉需凭票供应的情况下，羊肉在菜场里几乎看不到，就得到郊县或外省去找。北风紧了，羊肉还没买到；屋檐下挂起了晶莹的冰凌，羊肉还是没买到；下雪了，密密麻麻的雪片飘到头发上、眉毛上，粘住了不肯融化，我再去她家里。哦，厨房里说说笑笑的好不热闹，七八条人影在灯火下晃动，女儿在生火锅，儿子在拌花生酱和腐乳，还有不知从何处弄来的韭菜花，气味刺鼻。我心中一喜：羊肉一定买到了。李家姆妈在里面的房间里找酒杯，大大小小摆了一桌子。

"再过一小时来吃涮羊肉，一定要把你妈拖过来啊！"她欢天喜地地说，简直是有点老天真了。今天，这张笑脸还清晰可忆，眉宇间有一丝凄凉冻着。

涮羊肉当然好吃，菠菜和粉丝也很好吃，只是火力不足，一锅汤起沸常常要过些时间，七八双筷子一起开涮，小小火锅怎么经受得起？吃着喝着，看一眼窗外大雪飘飘，额头上就止不住渗出汗来，我的脸很烫很烫。李家姆妈的儿子快要中学毕业了，像大人，但动作稍显粗糙。她女儿在一家街道工厂工作，朋友已经谈了好几个，一个也没成功。她很懂得打扮，一件大红的绒线衫，领口扎了一条亮晶晶的白绸巾，乌黑的头发披在肩上，喝了点酒后非常美丽。这个时候我已经知道哪种女人漂亮了。

(图/麦小片)

# 听 秋

□乔洪涛

一朵牵牛花把它看到的秘密告诉了另一朵牵牛花，另一朵再把它传给另一朵。一个晚上的工夫，满面篱墙上的牵牛花都绽放了，把那一个个粉嘟嘟的小喇叭挂在了肩膀上。高高在架上的牵牛花已经把喇叭举上了头顶，它们就要向整个村庄宣布：秋天来了。

哦，秋天来了。

我直起腰，把耳朵听向四野：我听见空气慢慢变凉的声音；我听见田野里的庄稼和野草慢慢变黄的声音，一只蝴蝶飞起又飞落，一只蚂蚱在微黄的草叶上有力地弹跳，还有那弹琴鸣唱的蟋蟀，把忧伤的爱情的曲子弹拨得让人心碎；我听见院子里墙角的那几棵野菊花把细碎而热烈的橘黄的花朵擎开，它们在绿叶中细密如星星，拥拥挤挤开得热闹。——我听见，我都听见了，我站在院子里，听见秋色渐浓，听见秋香渐浓，听见——秋意渐浓了。

我还要去看一看田野里的那些生灵，它们听见秋天的脚步了吗？我要告诉它们，秋天来了，让它们做好过冬的准备——我要向我在庄稼地里喂养的蚂蚱告别，它们陪伴我的庄稼度过了整整一个春天和一个夏天，我得赶快告诉它们，秋天就要来了，我要向它们道谢；我要向豆地中间的那一家小田鼠表达我的问候，我知道，夏天里它们一家多了四个可爱的毛茸茸的孩子，我曾经查阅《诗经》为它们取下了四个可爱的名字，那时候我没好意思惊动它们，现在到了秋天，我要去看看它们是否准备好了过冬的粮食，它们既然能够把家安在我的豆地中，它们就是我的客人，我得去看看它们的粮仓，否则，一个冬天我都会睡不踏实；我还要找找那只灰褐色的野兔，如果能找到它，我要向它郑重道歉，因为夏天的时候我带着狗追撵过它，现在想来我那时候的举动多么可笑。我要告诉它们，秋天来了，你们又让我收获了许多。

听一听，停下手中的活计，听一听这秋吧。这是一个生命的仓库，这是一个声音的仓库！那衰落绝不是死亡，而是更迭；那腐朽绝不是结束，而是孕育。你可以听见生命的伟大，可以听见历史的浩渺，也可以听见岁月脚步的声音。

把沉睡的耳朵喊醒，把沉睡的心灵喊醒，听一听这秋的生命之美吧！这潦草而妩媚的秋色里，有月亮的呢喃，也有花朵的情话，更有虫子们生命不息的绝响。

（图／熊LALA）

# 看 云

□毕飞宇

有一种玩具你不可能拿在手上把玩，那就是云朵。

孩子们看云，真正让他们关注的当然不是云，而是"动物"。

平白无故地，一大堆白云就成了一匹马。这匹白马的姿势是随机的，有可能站着，也有可能腾空而起。一匹马真有那么好看吗？当然不是。好看的是变幻。一匹马会变成什么呢？这里就有悬念了，也可以说，有了玄机。

我不知道"白云苍狗"这个词是谁创造的，他一定是个心性敏感的倒霉蛋，被人间的变幻莫测弄昏了头，不知何去何从。就在某一天，他通过天上的云，他看到了苍天的表情，还有眼神。一炷香的工夫，他理解了人生。

他看到了人生的短暂和不确定性，他看到命运姣好的"静"，也看到命运狰狞的"动"。他一下子就"明白了"，由此获得了生命里的淡定与从容。

当然，孩子们看云，只是为了好玩，怀揣的是一颗逛动物园的心。看了"骆驼"再看"马"，看了"狮子"再看"熊"，你看看，云和天空所做的工作居然是"科普"与"启蒙"。

也可以这样说，孩子们看云，其实是在看露天电影，天空成了最大的屏幕，生命在屏幕上更替、演变，你中有我，我中有你。天和云就是这样神奇，难怪我们的先人一遍又一遍地告诉我们：向大自然学习。

我们观察大自然、研究大自然，其实都是在学习。

如果你的启蒙老师是大自然，你的一生都将幸运。

（图/小粒团）

# 睡在月光里

□ 王 晓

睡在月光里，就是夏天的模样。

儿时的夏天真热。夏夜纳凉不点灯。月光如银，倾泻在整个村庄，到处白花花的。家门口敞亮无树，一地丰厚的雪花银。纳凉的女人还带活来干，剥毛豆，扣鸡头米，月光白亮，自如得很。两旁厢房和树木的剪影，在月色里黑白分明，是我们最初关于建筑、关于光影的美学启蒙。巷道里，光影移动，那是时间的具象，小小的心里也生出丝丝缕缕的惆怅。

奶奶通常先收拾好锅碗，再收拾我们，给我们洗好澡，拍好痱子粉，把我们撑到小竹床上撑好的蚊帐里，帮我们压好四边，要我们安静躺着。哪里安静得下？汗，顺着脖子往下淌，很快纠缠一窝。大人们在月下讲农事周期，讲家长里短，讲前庄后舍的奇人趣事，我们哪里待得住？趁奶奶不注意，溜出蚊帐，和小伙伴们用点亮的蒲棒头打仗。看我们疯得汗如雨淋，奶奶就说这澡白洗了。奶奶的那趟澡本来就是白洗的。我家临河居，一条南北向的三王河，明亮如绸，流淌许多古意。聊天人群中的二爷，水性最好，也最喜欢孩子。看我们热得慌，他会带我们去几步远的水码头夜游。他敢游到对面再回来，我们只敢站在没水的石板上，蹲下站起，乡人谓之在水里"端"几个回合，浸湿全身，身上有水，速度如风，好似有了阵阵凉爽。二爷带我们上岸来，衣服也不换，还坐之前那个位置，暑气一会就将他的衣服烘干。

打过仗了，戏过水了，肚子自然就饿了。这个时候，最宜杀个大西瓜，解饿又解渴。奶奶最懂我们的心思，抱出用井水憋了半天的黑纹瓜，一刀下去，咔嚓有声，凉气四溢，恰如汪曾祺笔下所述"连眼睛都是清凉的"。众人分食，笑声朗朗。隔一天，他们会带来自家炒蚕豆、煮菱角、嫩莲蓬给我们解馋。我们很愿意乡邻来分瓜，长大后，这成了乡愁的一部分。

吃饱喝足，我们有了倦意，自个儿爬上竹床，边看满天星星，边听大人讲话。奶奶摇着蒲扇，安抚我们："睡吧，睡吧，心定自然凉。"我们躺在竹床上，虽然还是热得睡不着，好在竹床吱吱嘎嘎催眠，不远处蛙鼓虫鸣、群鱼吻水都往耳朵里钻，好似有风，从水边芦苇叶尖上赶来。水泥船舱里长的慈菇、菜地边的薄荷、后塘里的莲藕……丝丝缕缕的香气都送到鼻子底下，燠热生出的烦躁渐渐平息。

月色笼村庄，也罩着我们，眼皮渐渐搭上。心，借着月色升高了一些。再远的地方，隔着一条河，稻花正秀，桑叶正饱，无花果一点点变红。大地上的一切，都和我们没在银子样清亮的月光里，梦有凉意，滋生甜味。

（图／麦小片）

# 风和人的情感一样

□杨 绛

随着早晚的温凉、四季的寒暖，一阵微风，像那悠远轻淡的情感，使天地浮现忧喜不同的颜色。

有时候一阵风是这般轻快，这般高兴，顽皮似的一路拍打拨弄。有时候淡淡的带些清愁，有时候润润的带些温柔；有时候亢爽，有时候凄凉。

谁说天地无情？它只微微笑，轻轻叹息，只许抑制着的风拂拂吹动。因为一放松，天地便主持不住。

假如一股流水，嫌两岸缚束太紧，它只要流、流、流，直流到海，便没了边界，便自由了。

风呢，除非把它紧紧收束起来，却没法儿解脱它。

放松些，让它吹重些吧；树枝儿便拦住不放，脚下一块石子、一棵小草都横着身子伸着臂膀来阻挡。窗嫌小，门嫌狭，都挤不过去。

墙把它遮住，房子把它罩住。但是风顾得这些吗？沙石不妨带着走，树叶儿可以卷个光，墙可以推倒，房子可以掀翻。

再吹重些，树木可以拔掉，山石可以吹塌，可以卷起大浪，把大块土地吞没，可以把房屋城堡一股脑儿扫个干净。

听它狂嗥狞笑怒吼哀号一般，愈是阻挡它，愈是发狂一般推撞过去。谁还能管它吗？

地上的泥沙吹在半空，天上的云压近了地，太阳没了光辉，地上没了颜色，直要把天地捣毁，恢复那不分天地的混沌。

不过风究竟不能掀翻一角青天，撞将出去。不管怎样猛烈，毕竟闷在小小一个天地中间。

吹吧，只能像海底起伏鼓动着的那股力量，掀起一浪，又被压伏下去。

风就是这般压在天底下，吹着吹着，只把地面吹成一片凌乱，自己照旧是不得自由。

末了，像盛怒到极点，不能再怒，化成恹恹的烦闷懊恼；像悲哀到极点，转成绵绵幽恨；狂欢到极点，变为凄凉；失望到极点，成了淡漠。

风尽情闹到极点，也乏了。

不论是严冷的风，蒸热的风，不论是哀号的风，怒叫的风，到末来，渐渐微弱下去，剩几声悠长的叹气，便没了声音，好像风都吹完了。

但是风哪里就吹完了呢？只要听平静的时候，夜晚黄昏，往往有几声低吟，像安命的老人，无可奈何的叹息。

风究竟还不肯驯服。

或者就为此吧，天地把风这般紧紧地约束着。

（图/麦小片）

# 不过是一碗人间烟火

□郭慕清

是夜。炖了一小锅萝卜牛腩,盛一碗,低头趴在碗上闻一闻,弥漫的热气扑到了眼镜上,摘下眼镜,用木质小勺舀一点,慢慢入口,有些烫,咂吧咂吧嘴,竟然出奇地香。

汤里并没有放名贵的调味料和滋补药材,只有萝卜、牛腩、水和盐,简简单单,清清爽爽,味美大抵是因为熬久了一些。

熬得久,是一个挺有意思的词,于菜品,于人生,道理如一。说到由美食悟人生之道,有一个人不得不提,那就是汪曾祺。他的《谈吃》,文字明白如话,娓娓道来,将食材来历、食客品位和食宴氛围讲得头头是道。汪曾祺谈到昆明一处的炒菠菜甚是美味,为什么呢?油极大,火甚匀,味极美。他和蔡澜对吃的看法一致,推崇袁枚《随园食单》中所提的"素菜荤做"。这讲的是用荤料来增添素菜的丰富性,挖掘简单食物的别样风致。就像是芦蒿炒腊肉,单炒野生芦蒿,会有些青涩,难以入口,但是在烹炒的时候,稍稍加一点点腊肉借味,就大为不同,更能尝出芦蒿的清和鲜。真正的"素菜荤做"其实来自潮州菜。潮汕人认为,纯素的食物不耐饥饿,而且寡淡无味,要让食物鲜美好吃,必须荤素结合。据说,清康熙年间,潮州开元寺举办过厨师厨艺大比试,参加比试的皆为潮汕一带寺庙主理厨政的厨子,比试项目中,便有烹制"八宝素菜"这项内容。

"八宝素菜"是潮州素菜的传统名肴,是由莲子、香菇、草菇、冬笋、发菜、白菜、腐枝、栗子共八种纯素食材做成。有一位来自意溪别峰寺的厨师,十分聪明,也深谙素菜一定要荤做的食理,即这八种素食,一定要用肉类去炆炖,荤素结合,味道才能浓郁。可是这次比试是在佛寺里举行的,绝不能携带排骨、老母鸡等肉类食材进寺。怎么办呢?这位厨子久久苦思,终于想出了一个好主意。在比试的前一天,他在家先用排骨、老母鸡、赤肉熬制了一锅浓浓的汤,然后将一条洗干净的毛巾放在锅里煮,再把毛巾晾干。第二天比试的时候,他手提装满食材的篮子,将毛巾搭在肩上,把门的和尚没有发现肉类,便放他进去了。做菜时,他将毛巾放在锅中煮片刻,让毛巾中的肉味溶解到锅里,然后加在菜肴之中,从而夺得了比赛的头名。

绘一幅画,觅一份爱,和做菜其实并无二致,少不得那些看似错落,实则有致、入味的搭配。菜一素一荤,够香。书画的一枯寂一丰富,入禅化境。爱人性情的一急一缓,一英雄豪迈一温柔如水,彼此搀扶,情投意合。

这世界万物,道理万千,其实也不过是一碗人间烟火。

(图/孙小片)

# 我撞上了秋天

□郁达夫

今夏漫长的炎热里,凌晨那段时间大概最舒服。就养成习惯,天一亮,铁定是早上四点半左右,就该我起床,或者入睡了。这是我的生活规律。

但是昨晚睡得早,十一点左右。醒来一看,天还没亮,走出我那烟熏火燎的房间,刚刚步出楼道,我就让秋天狠狠撞了个筋斗。先是一阵风,施施然袭来,像一幅硕大无朋的裙裾,不由分说就把我从头到脚挤了一遍,挤牙膏似的,立马我的心情就畅快无比。我在夏天总没冬天那么活力洋溢,就是一个脑子清醒的问题。秋天要先来给我解决一下,何乐不为。

压迫整整一夏的天空突然变得很高,抬头望去——无数烂银也似的小白云整整齐齐地排列在纯蓝天幕上,越看越调皮,越看越像长在我心中的那些可爱的灵气,我恨不得把它们轻轻抱下来吃上两口。我在天空上看到一张脸。想起这首很久以前写的歌,心境已经大不相同了,人也已经老了许多——人老了吗?我就一直站在那里看,看个没完没了,我要看得它慢慢消失,慢慢而坚固地存放在我这里。

来来往往的人开始多了,有人像我一样看,那是比较浪漫的,我祝福他们;有人奇怪地看我一眼,快步离去,我也祝福他们,因为他们在为了什么忙碌。生命就是这样,你总要做些什么,或者感受些什么,这两种过程都值得尊敬,不能怠慢。

就如同我,要坚守阵地,如同一只苍老的羚羊,冷静地厮守在我的网络里,那些坛子的钢丝边缘。六点钟就很好了,园门口就有汁多味美的鲜肉大包子,厚厚一层红亮辣油翠绿香菜,还星星般点缀着熏干大头菜的豆腐脑,还有如同猫一样热情的油条,如同美丽娴静女友般的豆浆,还有知心好友一样外焦里嫩熨帖心肺的大葱烫面油饼。

这里这些鳞次栉比的房屋,每扇窗户后面都有故事,或者在我这里发生过,或者是现在我想听的。每个梦游的男人都和我一样不肯消停,每个穿着睡裙的女人都被爱过或者正被爱着,每个老人都很丰富,每个孩子都很新鲜。每条小狗都很生动,每只鸽子都很乖巧。每个早晨都要这样,虽然我已经不同以往,总是幻想奇遇,总是渴望付出烈火般的激情,又总是被乖戾的现实玩耍,被今天这难得的天气从狂热中唤醒。我已经不孤单了,是吧。就是这个孤单,像一床棉被,盖在很高的天空,随着我房间人数的变化,或低落,或俯冲,或紧缠,或飘扬。美倒是美,狠了点儿,我知道。噫吁嚱,我的北京,昨天交通管制的北京,今年全国夏季气温最高的北京,用这样清丽的秋天撞击我神经的北京,把我的生活彻底弄乱,把我的故事彻底展开,把我仔细地铺成一张再造白纸的北京啊。

(图/月儿)

# 不惊醒睡觉的蝴蝶

□唐宝民

近读著名作家冯骥才先生的书,读到了这样一段令人感动的文字:"一次在西塘的河边散步。路边一户人家,用一根细木棍支着一扇窗户透气,此时天已经凉了,窗台上摆着一个花盆,屋内的一位老太太想把花盆拿进去。她拿起花盆的时候,花儿上正落着一只蝴蝶,可能睡着了。老太太把花盆拿起来时,轻轻地摇了摇,似乎怕惊吓了这只蝴蝶。蝴蝶飞走以后,她才把花盆拿进去。"看完这一幕,冯骥才特别感动。

这个温暖的片段,也唤醒了我的记忆,因为多年以前,我也曾经见到过一幅类似的温馨画面。

那时,我还在齐齐哈尔市的一所林业院校读书,有一年夏天,我因身体不好请假回老家。我的老家在牡丹江市海林县,从齐齐哈尔坐火车,要整整一天才能到达。

中午,列车到达哈尔滨站,上来一些乘客,有一个三十多岁的中年男人坐在了我对面,我们坐的都是三人席,我俩坐的都是靠边的座位;对面靠窗的座位坐着一个中年妇女,她带着一个七八岁的小女孩儿,应该是她的女儿,小女孩儿就坐在母亲和刚上来的那位中年男子中间的位置。

下午两点多,那位母亲有些困,趴在桌子上睡着了。过了一会儿,小女孩显然也困了,便也伏在桌子上睡着了。我对面那个中年男人没有睡觉。过了大约一小时,我看见对面的中年男人脸上的神情有些焦急,再仔细观察,这才发现,原来,睡觉的小女孩儿的脸正压在这个中年男人的手背上,应该是当时中年男人把手放在了桌子上,那个女孩忽然间趴在他的手背上睡着了……

女孩儿和母亲睡得很香,都能听到两人的呼噜声。被压着手的中年男人神情依然有些焦急,但他的手丝毫没有动一下。这样又过了近一小时,那个女孩儿忽然醒来抬起了头,然后迷迷糊糊地去推她母亲。这个时候,我发现中年男人脸上的神情一下子放松了,他立即站起身来,朝卫生间走去。

这时,那位母亲已经被女儿推醒了,两人在说笑着什么。中年男人从卫生间回来,一副轻松的模样,什么也没说,静静地又坐回自己的位置上。又过了半个多小时,列车好像到了横道河子,母女俩便拿起行李下了车,这期间,中年男人和她们始终没有说过一句话。所以,除了我以外,周围的所有乘客,包括那对母女在内,都不知道这个中年男人付出的善意:为了不惊醒熟睡的小女孩儿,他忍了那么长时间没有上厕所!这虽然不是什么惊天动地的壮举,却依然令人感动。

今天,当我读到冯骥才先生讲述的这个细节时,便联想到了当年自己看到的那温馨的一幕,并再次被这种无私的善意感动了。

(图/蝈菓猫)

# 在家吃饭

□张 鹰

每逢佳节，总有朋友问在哪吃饭，我的回答几乎一成不变："在家吃饭"。买菜烧虽然烦琐，但自有它的愉快性质。看不到田园里的紫茄，到菜市场看看也好，看不到山间的竹笋，到超市摸摸也乐。新绿的豌豆，五彩的辣椒，绿色的菠菜，使人联想到农人田野，菜园篱笆，诗意便随着烟火缥缈。

喜欢家里的餐桌由来已久。小时候，家里八口人，每天吃饭都一大桌。无论萝卜青菜，还是豆腐酱油汤，一家人都吃得有滋有味。偶尔母亲烧个腌笃鲜，就是"满山新笋玉棱棱，买来配煮花猪肉"的名菜，就像过年一样让我们激动。外公常在餐桌上出对子让我们对，对得好就奖励一块肉。这些快乐的场景，落花一样漂浮在时光的水流之上，偶尔临水张一张，就会为那时餐桌上的嬉笑怒嗔，泛起快乐的浪花。

小学的时候，老师布置一篇作文，题目是《幸福花开的地方》。我写的是一家人围着吃饭的餐桌。没想到这种只记吃的"鼠目寸光"，很受老师青睐。家常吃饭，虽不足挂齿，却点缀着实打实的诗意，花朵般地开在每一个平常的日子里。

后来大家庭就像大蒜头，蒜柱没有了，散落的蒜瓣自成体系，虽然人少，但只要围在一起吃饭，饭桌上就情趣盎然、笑声朗朗。我儿子喜欢吃竹笋烧肉，常见小小的他摇晃着脑袋吟诵苏东坡的打油诗："无竹令人俗，无肉使人瘦。不俗又不瘦，竹笋焖猪肉。"文艺娘总想自己不俗，儿子不瘦，隔三岔五要上这道东坡菜。饭桌上的成语首尾相接的游戏，练得我们"出口成章"。我曾问儿子什么时候最幸福，他脱口而出：在家吃饭的时候。

后来，儿子工作成家，到了节假日，只要儿子答应回家吃饭，我和他爹做饭的积极性就空前高涨，找菜谱、跑菜场，满心欢喜地大显身手，在锅碗瓢盆的叮当中，让餐桌盛开色香味俱全的幸福花。

记得林语堂在回答"幸福是什么"时说，幸福很简单：一是睡在自家的床上；二是吃父母做的饭菜；三是听爱人给你说情话；四是跟孩子做游戏。简单的幸福观，可深处的滋味，完全盖过了今人对婚姻和幸福种种美妙而华丽的言辞。"在家吃饭"在幸福要素中举足轻重。为什么自家的一双筷子能寄托中国人那么多的情愫？这里面，有文化的渊源，有家风的传承，更满含对阖家团圆、彼此陪伴的祈愿。所以，最好不要让"忙"成为不在家吃饭的理由，不要让电子产品冲淡了彼此渴望陪伴的温情。

"家和万事兴"，"和"字就是大家有饭吃日子就太平的意思。试想，一家老少团团圆圆在家吃饭，传递着恩爱和亲情，那一屋子简单而又实在的安康和幸福，有什么可以匹敌的呢？

（图／蝈菓猫）

# 收 房

□陈思安

他并不算喜欢自己的工作。世界上除了离婚律师以外，最容易吸收伴侣关系负能量的职业，大概就是房地产中介了吧。尤其是租房中介。尤其是在大城市。尤其是负责合租。他和这个行业里每个跟他差不多年纪的小伙子一样，日复一日用发胶把头发抹得锃亮，套着廉价的工装白衬衫黑西服，骑着小电驴飞驰在负责区域的一个个楼盘里，反复听着那些年轻的或已不再年轻的伴侣客户讨价还价，相互争吵。

虽说谈不上喜欢，但也不至于讨厌。在出租房子这一整套流程中，他有一个算是喜欢的项目。那就是收房。这个小喜好是他不敢跟其他同事分享的，因为其他同事最讨厌的事儿就是收房。

不讲卫生的年轻租客跟这个城市里的外卖垃圾同步增长，中介们每次去收房，打开房门前都要先做上半小时的心理建设。没人知道那些看起来普通的房门背后是一片怎样狼藉的战场。

抛开极端个例不提，每次去收房时，他还是会对那些被前主人们留下的东西感到惊讶。那些曾经紧紧依附于主人生活场景的物品，孤儿般地被遗弃在主人离开了的出租屋中。换句话说，它们对主人已经不重要了，就那样被留在人去房空的屋中，任由中介去处理。尽管同样是被扔掉，他觉得被主人亲手扔掉总归好过被带有怨气的中介扔掉。

为了跟这些已经不被需要的物品好好告别，他经常自告奋勇地承担清理杂物的工作，在将那些物品丢进垃圾桶前鞠一个躬，轻声说一句，之前辛苦你了，现在就请安心地去吧。

然而总有一些东西，是他没有办法轻飘飘地告个别再丢进垃圾桶的。这个道理是他在打开一扇房门，发现里面蹲着一只"喵喵"叫唤个不停的小花猫时才猛然意识到的。同事们劝他把猫放到小区院子里，做流浪猫也好，被其他人家收养也好，总之不能自己带回家，这个头一开可就麻烦啦。现在的租房客最讲究"断舍离"，人生已经够沉重的了，怎么还能负重前行呢？他把小花猫捧在怀里啜嗒道，要是感到沉重，一开始又何必背上呢？它也是生命啊。

同事们说得没错。这个头一开，他自己租的房子日渐变成了一家小型动物园。两只三花小奶猫，一只白色老公猫，六只灰壳独角仙，一只棕毛折耳兔，五条红艳艳的小金鱼，三只被染了色的肥仓鼠，相继来到他的房子里。

他相信自己不会在这座城市里一直生活下去。他不喜欢一个让人可以轻易丢弃一切的城市。他也相信自己无论何时离开，一定会带着租住房子里的一切一起离开。他对自己说，在那之前，就暂且由我来负着这城市里一角小小的重而前行吧。

（图／李酉酉）

# 不排队的餐厅不是好"网红"

□李 雅

吃饭排队等位,就像南方人饭前喝汤一样,俨然已经成为餐前仪式。不少"网红"餐厅甚至在开门营业前,门口就排起了长龙。似乎判断一家餐厅好吃与否,"排队等位"已经不算衡量标准了,"排多久"才是。

一家卖"奶油麻花"的"网红"小店,离我家不过一公里,但我从来没有吃到过。因为我上班出门,有人在排队;下班回家,还有人在排队;晚上遛弯,依然有人在排队。

终于在一个周末,我咬牙8点起床加入了排队大军。S形的队伍在街道上不断蠕动,40分钟后,哈欠连连的我让男朋友来换班继续排。历经一个半小时的酷暑折磨,我俩终于吃上了"网红"奶油麻花!怎么说呢?那个味道我到现在都记得,浓香酥脆、甜而不腻,这应该是我吃过最好吃的麻花了。

但并不是所有的等待都值得付出,之前网上流传:"好餐厅的基本素养,就是门外人比门内多。"以此为判断标准,我和闺蜜在周末饭点挑了一家排队人数最多的比萨餐厅。面对预计3个半小时的排队时长,我们振奋精神,用"亲身体验过排队等位的痛苦,美食才变得更好吃"鼓舞自己。

一家火爆的餐厅,往往还能给周边的商家带来不少红利——排队大军里已经有人扛不住长时间等待,转向别家了。但我和闺蜜还在互相打气:"等位人多,说明咱们有眼光!和这么多人一起选了同一家店。"当餐厅门口的广播叫到我俩排位号码的那一刻,等待了几小时的疲倦瞬间一扫而光,赶紧落座准备迎接饕餮。但结果让我们大失所望,味道平平无奇,甚至不如普通的比萨。

万万没想到,后来我和男朋友吐槽这段经历时,他又告诉我一个晴天霹雳的消息:这家店曾经因为排队问题被曝光过!原来和我们一起排队的,不光有闻风而来的食客,还有商家找的托儿和倒卖号源的黄牛。这也就不难解释为什么这家餐厅这么火,但味道远远配不上我们排的队了。

民以食为天,为了美味付出点时间是值得的。不过,当餐厅成为"网红",或许并非所有排队的人都是冲着美味而来,点上几道"必吃榜"上的名菜,拍几张照片在朋友圈打卡,也是部分排队大军的目的之一。如此想来,排队衡量的不仅是美味程度,还是"朋友圈人设"——毕竟如果随到随吃,不经过排队折磨一番,也就没有"网红"餐厅和打卡成功这两个流行词了。

(图/陈明贵)

# 大唐的春天太甜了

□五柳七

"灶君升天那日,街上还卖着一种糖,有柑子大小,在我们那里也有这种东西,然而是扁的,像一个厚厚的小烙饼。那就是所谓'胶牙饧'了。"

鲁迅在《送灶日漫笔》中所写的这段文字,描绘的正是小年时候的景象。

所谓饧,是用麦芽或谷芽熬成的饴糖。元日吃胶牙饧,除了为了封口,也有为了固齿的说法,宋人认为吃了此糖可使牙齿牢固,不易脱落。吃饧粘牙是一定的,固齿则无依据。相比固齿,过年吃饧的更大可能是敬老。

饴、饧、糖三个字,古时基本同义,现在用"含饴弄孙"这个成语,一般重点在"弄孙"上,"弄孙"好懂,"含饴"该怎么理解?饴在古时,不仅是供灶王爷的,也是用来孝敬老人的。《淮南子》中说"柳下惠见饴,曰可以养老"。明德马皇后谈"含饴弄孙",愿望不仅是有孙儿承欢,还要有儿女孝敬。

白居易长寿,但小病不少,比如牙疼,疼起来走路都要人扶。晚年遭遇风疾,白居易倒是想得极开,"腹空先进松花酒,膝冷重装桂布裘。若问乐天忧病否,乐天知命了无忧"。可是六十六岁时,掉了两颗牙,却让他大发感慨,"老状具矣,而双齿又堕。慨然感叹者久之",因此还洋洋洒洒写了一大篇《齿落辞》,被戏称为牙疼版《长恨歌》。

白居易为何对掉牙如此感伤?或许和他多年晨起养生的习惯有关——"起坐兀无思,叩齿三十六"。

唐代诗人的杯中酒,不仅有浓浓的春色,还有浓浓的春味。唐诗中饧常和酒并提,白居易诗中就多有"酒如饧"的说法,如"江陵橘似珠,宜城酒如饧"。

饧常称春饧,酒也常名春酒。春酒以冬季酿造至春季成熟而名,因此直到现在,酒名中都常有"春"字。

春饧就酒,越喝越有。春饧,从元日吃到寒食,是吃一春的。到了寒食,还有饧粥。"留饧和冷粥,出火煮新茶",寒食节要禁火,喝冷粥,加点饧,叫饧粥。饧粥不是白粥。白居易在《会昌元年春五绝句》中写"鸡毬饧粥屡开筵,谈笑讴吟间管弦"。

以饧下酒,再到以饧熬粥,唐代人过个春天,是不是有点齁了?

从白居易的诗中就能看出,大唐可谓"大糖"。根据《新唐书·西域传》记载,唐太宗没派过唐僧去取经,但确实派人到西域去取糖,"太宗遣使取熬糖法,即诏扬州上诸蔗,拃渖如其剂,色味愈西域远甚"。珍馐署里还设置了"唐匠五人",唐匠即糖匠,指熬蔗糖的匠人。唐时人估计很难想象,今天超市的货架上摆满了"0蔗糖"的标示。

(图/池袋西瓜)

# 这个冬天的命，是羊肉粉给的

□周 情

虽然都说"羊得在北方吃"，但在阴冷寒湿的冬季，很多贵州人的命是羊肉粉给的。中午吃火锅一则花时间，二则吃完犯困还无心工作，不如一碗加肉的羊肉粉来得撇脱（方便）！

北方人喜欢绵羊，南方人则偏爱山羊。不过这山羊也有三六九等，本地人讲的是"一黑二黄三花四白"。当之无愧占据榜首的，自然是贵州当地的矮脚黑山羊，据说是因为黑山羊不吃饲料，只能放养。想想看，黑山羊自由攀爬着贵州的大山，运动量足够；吃着各种名贵草药长大，常年"进补"滋养，因此膻味小、肉质紧实，充满嚼劲，最对本地人的胃。

与北方不同，南方的羊肉是带皮吃的。带皮山羊肉加十几味香料炖煮后切成极薄的一片，透着亮，肥肉和瘦肉的纤维都看得见！我北方的朋友来看见了，都揶揄南方的老板小气，殊不知这别有一番风味：几乎透明的一薄片，肥瘦相间，瘦肉紧实肥肉脂滑皮微韧，淋上羊骨熬制的原汤精华，瞬间吸满汤汁，咬在嘴里却是略带嚼劲、口口带汁，美！

羊肉有讲究，粉也不含糊。在贵州吃羊肉粉，点一碗"酸粉"，最能显示食客的"段位"。酸粉是一种发酵粉，比普通米粉更粗，质地较软，略带酸味，这也是贵州独有的米粉。但吃这种粉感受不到弹牙的快感，而且有一种发酵的酸味，因此很多外地人会吃不惯。当然，如果不想吃酸粉，叫店家换成普通米粉、宽粉，甚至面也都是可以的。

贵州人嗜辣天下闻名，但店家端上来的羊肉粉，除了原汁原味的羊汤香，是没有其他味道的。这也是少数能在贵州餐桌上看到的清润之物了。其他的调料比如酱油、花椒、盐、油辣椒、干辣椒、蒜瓣是需要食客自己调味的。贵州人的嘴巴都是被辣椒调教过的，这样的清汤难免无趣了一些，于是开始了"调味"之旅：一勺秘制辣椒油进入碗中，就是给羊肉粉注入了灵魂。原本清甜滋润的白月光瞬间"黑化"：羊膻味、蒜冲味、辣味、油腻味，各种重口的味道在嘴巴里相互碰撞，又互相被驯服，羊肉香、蒜香、油辣椒的香气相互融合造作，最后归于长长吐出的一口气：爽！此时再来两片泡菜洗洗嘴巴，酸辣入口，可以将嘴巴里的各种味道去掉，下一口吃到又是全新的味道体验。

在贵州，没有这些小碟小菜的粉店是没有灵魂的：酸萝卜是免费的，但很多人是因为爱上了这些爽口的小菜，才对一家馆子情有独钟。

因为有了羊肉护体，吃完回来的路上可以哼着小曲儿，不禁小得意：北方人酷爱羊肉，而历史上却以面食为主，都与羊肉米粉失之交臂，不亦可惜乎？

（图/麦小片）

# 父亲和那棵树

□寇建斌

父亲把香椿树锯倒了。女儿云到家时,树已躺在地上。云大喊:"爸,你怎么把树锯了?"父亲笑笑,不语。

树是父亲小时候栽的,与父亲的年龄相仿。一开春,就会冒出一树嫩芽,散发出醇厚浓郁的香气,灌满院子,灌满屋子,溢到村里村外。

到了谷雨这天,父亲就用绑了铁钩的竹竿摘香椿芽。云想爬到树杈上摘,父亲说树还小呢,撑不住。云想拿竹竿自己摘,父亲说小孩子手上没准呢,会把树弄疼的。云只能巴巴地抬着下巴看父亲摘。

这天的饭食里便有了云最爱吃的菜——香椿炒鸡蛋。金黄色的鸡蛋,翠绿色的香椿,杂糅在一起,很好看,也很好吃。云便把这一天当作一年中最重要的日子。

香椿树很奇特,被剃光了头,就像理了发,很快又长出一茬嫩芽,接着又被剃一次。之后的叶子不香不嫩了,才属于它。许是因为每年要贡献两茬叶子,香椿树远比臭椿树长得慢,不过,论木质,臭椿松脆,不及香椿细密结实,难以派上用场。

父亲剥去树皮,解了板,码好放起。次年开春,把锛、凿、刨、斧、锯全套把式搬出来,开始在木板上打墨线,他在做一件家具。云问做什么,父亲仍笑笑,不语。

父亲早年当木匠,手很巧,后来村里需要,当了民办教师,就没有时间了,家里至今连一件像样的家具也没有。他把全副心思都用在学生身上。父亲的辛劳并未给家里的生活带来多少变化,工资少,耽误农活,只有在面对学生的毕业成绩单时,父亲才会露出开心的笑容。长期劳累加上营养不良,使他很早就患上了肺病,人佝偻成大虾,嗓子咳到嘶哑。云劝父亲去看病,好多人也劝,父亲只笑笑,说没事,依旧坚持上课,他一刻也放不下他的学生。

父亲像雕琢工艺品一样,用他的香椿木做那件家具。谷雨这天,家具终于做成了,是一张方桌,香椿木繁复细密的花纹清晰可见,家里人、邻居,还有村里的许多人都来看,无不赞叹。那天,父亲笑了,也永远地止住了咳嗽,笑容凝固在了他的脸上。

又是谷雨,云坐在方桌前,看着那繁复细密的花纹,闻着从木纹里渗出的香气,想父亲的一生,想那棵香椿树,若有所悟。

(图/新妍)

# 有一种治愈，叫冬天里晒晒太阳

□摘星楼主

晒太阳真是天底下最幸福的事情，而在冬日里晒晒太阳，不仅暖身，更能暖心。尤其当寒风四起，那一缕缕穿透万物的阳光，能治愈人间的一切。

南宋诗人楼钥在《白醉》中写道："年少足裘马，安知老夫味。"年少时，我们总是幻想着鲜衣怒马，仗剑天涯，以为幸福一定是要做出点什么，可随着年轮一圈一圈增加，才发现，能坐在自家庭院里晒晒太阳，才是一生中最幸福的时光。

小时候寄住在奶奶家，那时二叔还在读书，听村子里的人讲，他可能很快就要辍学了。那个时候，我不明白辍学意味着什么，只知道二叔每天回家都闷闷不乐。奶奶总是默默地流眼泪，也不说话。

但我知道，白天忙着农活的奶奶，夜晚也不得安眠。她常偷偷爬起来，在院子里就着月光纺线。我也知道，奶奶会悄悄把钱收起来放在一个小铁盒子里锁好。后来，二叔说要离开家，我看着奶奶拿出那个铁盒子塞进了二叔的手里。

离家后，二叔很少再回来，但每次他回来的时候，奶奶看起来非常高兴。可是我发现，奶奶的笑容旁边，添了许许多多的皱纹，背也不似从前挺直……

一有空闲，我就会回去看望奶奶。她总是喜欢让我搬张椅子，与她一同坐在院子里晒太阳。而我总是一面照做，一面嚷嚷："雀斑都要被晒出来了！"

可奶奶说："以前家里穷啊，没日没夜地忙，心里堵得慌，如今你们都出息了，奶奶也可以坐下来，晒一晒太阳。"

那个时候，我才真正懂得了晒太阳对奶奶意味着什么：那是历经艰辛后的喘息，是完成使命后的安定，是回首往昔的知足。

是啊！在茫茫人海中穿梭的我们，也许都忽视了，能无所事事地坐下来晒一晒太阳，是一件无比幸福的事。

晒太阳真的是太过寻常，冬日里天冷了，自然想出去晒一晒，取取暖。但不是每个晒太阳的人，都会真正暖起来。我们总以为，温暖的阳光只来自太阳，可当我们心里幽暗时，再灿烂的阳光，也焐不热一颗冷却的心。阳光不只来自太阳，更来自我们心里。当你不放弃希望，不放弃再试一次的念想，你才能让那束温暖，照进你的心房。只有我们心中有光，才能感应到自然的华彩；只有我们心中有光，才能与有缘的人彼此照亮；只有我们心中有光，才能让冬日里的暖阳，成为治愈人生严寒最好的解药。

人生，请记得留一段时光，给太阳！

（图/李酉酉）

# 与稻花鱼捉迷藏

□明前茶

2020年9月，在武夷山，民宿主人小赵每天端上的山菜，必有鲤鱼炖豆腐。我还是头一次吃到如此毫无土腥气、肉质紧实细腻的鲤鱼。小赵领我去看民宿后面的泉水池，他家养殖的鲤鱼全部出自高山梯田，鱼身修长，尾鳍呈现罕见的金红色。小赵说，这些鱼都是养在他家田里的稻花鱼。

小赵的父母，还种着他们赖以生活的梯田。一大早，60岁的老赵就要去看顾他行将放水的稻田，查看微微倾斜的彩带般的梯田里，每一层最低处的养鱼池，是否已经蓄满了山泉水。他是种田40年的老把式了，我亲见他从一穗稻谷的底部，摘取三五枚谷粒，放在掌心轻轻揉搓，并用牙齿咬嚼，观察里面是否灌浆乳熟。没错，这里的谷粒已经饱满。老赵一声令下，稻田开始排水，随着水面的下降，可见鲤鱼的脊背在欢跃滚动，它们奋力摆动尾鳍，向每层梯田最低处的鱼池方向汇聚。在那里，老赵雇来的帮手们已经张开渔网，准备将这些鲤鱼捕回家去。

梯田上下有温差，因此，稻子的成熟也有先后，老赵从底层开始，每天只放两层水，收两层稻花鱼。有趣的是，老赵特意嘱咐帮手们，在每层养鱼池里留少量的鱼不捕。有人觉得诧异。老赵说："等收完稻谷，我自有妙用。"

这是老赵家的忙季。一方面，稻谷的收获需要看管；另一方面，每天带回来的稻花鱼都要处理，除了一部分供应民宿的客人或出售给鱼贩子，另一部分立刻要做成武夷山当地有名的"田鲤干"。

通常，武夷山的农民会在秧苗高度刚及一尺时放养鱼苗。此时，杂草已经在与稻子争抢营养，鱼儿欢游，不仅啃食稻田中的杂草，还将害虫、蜗牛、藻类一网打尽。到了稻子开花的时节，这些鲤鱼已经十分矫健，它们会一跃而起，吞食坠落的稻花，整个动作一气呵成，仿佛鲤鱼在玩撑竿跳。

养了鱼，稻田就不能打农药了，也不需要打除草剂，鱼粪会为稻田追肥，鱼儿们顽皮地追逐扰动，增添了稻田里的氧气，使得稻子不会因缺氧而倒伏。这样，种出来的稻米也是绿色有机食物。武夷山的稻农们聪明地利用了每层梯田底端的蓄水池来调节稻田的水位，既不会让蓄水过深淹了稻子的根，又保证在天旱缺水时，鲤鱼能在其间自由游弋。

此刻，鱼是自然的精灵，不时在水田中蹦出的青蛙与蚱蜢，是自然的精灵，游客也成了自然的精灵。万物平等，且释放出生机勃勃的欢乐。

（图/麦小片）

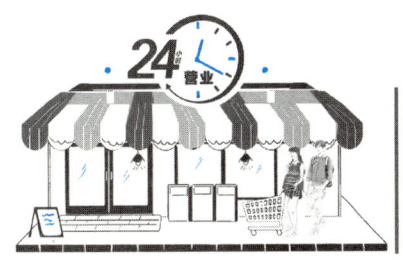

# 卖板栗的父子

□梁艳飞

如往常一样,晚饭后七点半,我来到河堤上散步。我又见到了他还有他的孩子。每晚这个时候他会准时出现。就算是严寒的冬夜,你也能闻到他炒板栗的甜香。

他在我居住的小区旁的河堤上卖板栗。连续几年,他都在这个地方卖板栗,只卖板栗。他让我有一种错觉,他的三轮车上似乎永远生长着一季秋天,常年不败。

最初记住他,是在三年前,源于他的孩子。小男孩坐在贩卖板栗的三轮车前座上,两岁多,正自顾自玩耍。前座已被他用木条围成四方形,坐在其间,下不来,也掉不了。孩子太小,玩耍过后,想要父亲陪伴。

见父亲许久不理睬自己,便在那里左转右跳,嗷嗷大哭。他一边忙一边大声训斥,想借助声音的高分贝,让孩子乖乖听话、安静地坐下。这时,哭声更加响亮,眼泪、鼻涕、污垢,在脸上糊成一团。哭声再响,也扭转不了局面,父亲依然继续忙碌,为顾客耐心挑选栗子,语气和善,一脸笑意,与刚刚训斥孩子的口气截然相反。

之后,在小区菜市场门口我也见到过他们。他依旧一边讨好地贩卖板栗,一边训骂孩子。回到家,我想起孩子哭泣的脸,有些心疼。这么晚了,孩子也许是饿了。我转回到市场,将他最后的板栗全部买下。卖完板栗,他就可以带着孩子回家了。

每次见到他,我都会留意那个孩子。这样的次数多了,我的心中已满是疑惑。有一天,我忍不住上前问他,孩子的妈妈去哪里了?他说,走了。没有多说,只有这两个字。我不好再问。这两个字,简单明了,让人有百种解读。但对孩子而言,结果只有一个:他没有妈妈。

一天傍晚见到他们,孩子没有坐在车上,而是在他周围转圈玩游戏。细细一看,孩子腰间捆有一根长长的绳,另一头捆在车架上。男人忙手中的生意,眼光时不时落在孩子身上。

一日晚间,河堤上只有他。一问,原来是孩子送去了幼儿园,读书去了。

那晚,他脸上洋溢着笑,很轻松,暖暖的,似已卸下千斤重担。

炒板栗很香,远远地就能闻见。他们的生活除了黑夜,还有这甜甜的板栗的清香。这股香味将融入彼此的人生,他们的未来还会有更多的味道出现。

(图/木木)

# 赶年集

□厉彦林

"小孩小孩你别馋,过了腊八就是年。"唱儿歌,赶年集,迎新年,是我美好的童年记忆。

春年快到了,不管贫富都要赶年集置办年货。人们会把一年省吃俭用下来的钱,花在最后一个年集上。

腊月三十最后一个年集,头天夜里又下了一场雪,我和伙伴们还是执意相约赶年集。临行前,母亲给我套了件又厚又沉的大棉袄,父亲从兜里掏出两张五角的新钱,顺手给了我一张,我高兴得几乎跳起来。这时在一旁微笑着的母亲,狠狠瞪了父亲一眼,父亲心领神会,又把手里那五角钱塞给了我,然后拍拍我的头说:"去吧,看放鞭炮,隔远点哦。"

跑出村口,只见赶年集的人很多。牲畜的叫声、车轮声、笑声、歌声此起彼伏,相映成趣。河里结了冰,地上是薄薄的雪,摊位沿道路两侧展开,依次摆满小树林,商品琳琅满目,人们摩肩接踵,非常热闹。

赶年集有规矩:女孩买花,男孩恋炮,婆婆买鞋,老头购帽。割肉、买菜、买鞭炮,再购对联和年画。我母亲不舍得花钱,从来不赶集,过年自己什么新东西也不添。下午快散集的时候,我找到绒花摊。红绒花是一种纯手工制品,花蕊、花瓣、花叶活灵活现,粗大的麦草捆上插满密密麻麻的绒花,在风中颤动。"大爷,我买六朵绒花,三根红头绳!"我底气十足地说。"不还价,两毛!"卖花的大爷顺手帮我插在一截高粱秸上,像是开满绒花的树枝。

我心中盘算着如何把绒花分给妹妹和操劳忙碌的母亲。这新年礼物虽小,但很珍贵,饱含温暖的年味和对亲人美好的祝福。等望见老家屋顶的那缕炊烟,才想起没吃午饭,肚子咕咕地叫了。正在拽着针线纳过年棉鞋的母亲,从锅里给我端来预留着的热乎乎的饭,用力搓搓我被冻红的耳朵和手,还心疼地埋怨我回来晚了,饿坏了……

年集是一幅凝聚着热闹繁荣与美好憧憬的乡俗年画,又是生活变化、社会进步的缩影。

不知不觉年集已远离我们,百姓富足阔气了,年味却越来越淡。我心中依然涌动着对年集的美好记忆和对团聚的渴望。听着噼里啪啦的鞭炮声,我仿佛回到少年时代,身穿新棉衣,手捧父母的呵护与微笑,跑进新年每一缕阳光里……

(图/豆薇)

# 月照一天雪

□米丽宏

风花雪月四物中，我最喜雪。雪从寒冷里生出，像叶子从叶芽萌发，有来处有归处；设若雪霁明月升，朗朗月，莹莹雪，便塑出了一个剔透的琉璃世界。

雪的酝酿，总爱从彤云密布开始。几阵风过，树枝呼天抢地地挑破黑云。像羽绒服裂了口，天空开始"噗噗噗"往外飞白毛儿。小时候，这样的鹅毛雪，一冬能下好几场。村子和四周的山被冰雪包裹着，像鸡蛋壳里沉睡的雏鸡，永远不醒。

雪夜，灯火摇曳，心间昏黄，夜便显得更长。而窗外，还是那千军万马衔枚疾走的风雪。这样的夜，爹常常掩了老黑袄，头上裹着毛巾，去姑家跟姑父下棋。娘在炕边做针线，偶尔翻一下炉圈边的红薯。她给我们哼唱"北风吹，大雪飘……"，给我们解释"大雪冬至后，篮装水不漏"以及"冬风赶大雪，风不来雪不歇"之类的老白话。我们其实都在等着爹回来：有时，他带回一把爆米花；有时，是姑姑烙的芝麻饼；有次，竟是一只金黄的橘子。爹回来了！娘赶紧下炕，拿笤帚扫他肩背上的雪，嗔怪说："大雪天的也不安生在家待着。"爹说："嗨，这雪天儿，一轮大月亮，有看头。"我们不错眼珠地把焦点对准他的手，期望从那儿再变出好吃物儿来。爹会意地伸出右手——手掌上，一颗圆润、莹洁的大雪球！弟弟"嗷"的一声，抢过去，拿舌头舔着一点点啃。娘伸手就去阻止那顽皮小儿，弟弟一缩缩进被窝。雪球碎了，化成点点团团湿印子。

闹腾够了，爹那句"有看头"的话，让我生了好奇。那被雪光和月光映得寒素微凉的窗户纸外，究竟是何等模样呢？

是的，有看头，一点不差。碧蓝、雪白的腊月，成为揿在心里的一枚乡愁印章。

我小时候，家里还是穷的，但饱暖已不成问题，然而我们喜欢吃雪球，上学路上可没少偷偷吃。我娘有次发现了，责怪我爹说，都是你引导的坏毛病。

吃雪，就当吃冰棍儿，是乡村孩子补偿性的喜好。越往高处雪越甜美，树杈上、篱笆上、山墙的墙垛上，用手拂去表面的一层，抓一把，团成球儿，咬一口，沁凉，甘甜，直入肺腑。多年以后，雪球的味道，还会使我幸福得微微叹息。

如今的冬天，雪少了。下雪的日子，几乎成了节日。生了小孩儿以后，雪总能把为人母的我变回去，变成跟女儿一般高的位置。我们瞳孔里那六角花瓣的雪，总是剔透又多芒。

温暖的室内，怎么能满足与雪的亲近？玻璃窗上挤扁了小鼻子。我在心里笑。那是雪的感召，也是童话的模样。

（图/蜩菓猫）

# 冬 读

□刘世河

"寒夜读书忘却眠,锦衾香烬炉无烟。美人含怒夺灯去,问郎知是几更天。"一直很喜欢袁枚的这首《寒夜》,不但励志,更有生活的小情趣。诗中我尤其喜欢"美人含怒夺灯去"这句,美人夺灯,我倒是不曾经历过,但年少时痴迷读书的我没少被母亲"夺灯"而去。

彼时之所以爱在冬夜读书,一是因为冬季昼短夜长,二是冬天乃农闲之际,大人们都歇息在家,无须再早出晚归地往农田里跑,晚上熬会儿夜也不怎么影响他们。记得那阵子收音机里正在播评书《三国演义》和《岳飞传》,光听总觉得不过瘾,我便特意从一个远房亲戚那里借来了这两本书,如饥似渴地啃。白天要上学,只有在晚上,吃罢晚饭,我便一咕噜钻进热被窝,将煤油灯端到跟前,趴着读。母亲则坐在一旁或者纺线,或者做针线活。因为太入迷,不知不觉就到了深夜。母亲便开始催我快点睡觉,明天还得上学呢。我嘴上答应着,却迟迟不舍得将书合上。如此这般地催几遍后,母亲就有些着急了,不由分说,便将煤油灯给生生"夺"走了。次日再犯,再夺,如此反复多次,见我实在"恶习"难改,渐渐地,母亲便也就听之任之抑或熟视无睹了。有时候还会主动过来帮我拨一下灯芯,好让我看得更清晰些。现在每每忆起,都会情不自禁地想起汪曾祺先生的那句"家人闲坐,灯火可亲"来,心里暖暖的。

说到冬夜读书,其实古人更是颇有此好。早在西汉时期的《礼记·文王世子》中就有"春诵、夏弦、秋学礼、冬读书"的说法。杜甫更有"古人已用三冬足,年少今开万卷余"的名句。其中"三冬足"中的"三冬"指的就是农历十月、十一月、十二月这三个月。诗圣的意思是,农耕社会,冬季正值务农闲暇之时,恰是读书的大好时机,不应该轻易浪费。况且,古人早已给我们做出榜样,都已经用足整个冬天来读书了。

到了宋代,民间还有"冬学"一事,就是闲时开办的季节性学校。"儿童冬学闹比邻,据案愚儒却自珍。授罢村书闭门睡,终年不著面看人。"陆游的这首《秋日郊居》描述的就是当时农家娃冬学的情景。陆游对冬夜读书这事也是情有独钟。仅以《冬夜读书》为题,就写过不少诗篇。"挑灯夜读书,油涸意未已;亦知夜既分,未忍舍之起。人生各有好,吾癖正如此""红烛悔从长夜饮,青灯喜对小年书""纸上得来终觉浅,绝知此事要躬行"等都是。

而我们现代人,一本好书之于冬夜而言,无疑便是摇曳在窗前的那枝梅花了。

(图/小粒团)

# 小雪落旧檐

□赤 壁

小雪翩然而至，在茅草屋做的屋檐上，睫毛似的凝结。这是旧时冬日乡居常见的情境。那时候，一进冬月，就盼着雪落，雪落下来，大人们就闲下来，会捣鼓一些好吃的食物，这似乎是一年内，除春节以外的好时光，也是春节的预演。

雪薄薄地落着，鸟雀子弹一样在雪中穿梭，也只有门口那几棵大松树还碧绿着，我所在的乡村，已经变成了铅笔画一样的所在，这时候在乡村拍照，黑白照和彩色照没有分别。我孩提时，拍照的师傅常到乡下走动，帮人拍照，半月后来送，黑白照和彩照的价格是不一样的，我只爱黑白照，尤其是雪落时拍的，曾经拍过一张，在院子里的一树梅花前，至今在相册里留存。

雪总是最先在屋檐上凝结，最早一批落在地上的雪，就像最早一批冲锋在前的士兵，大多数都壮烈牺牲了。大地是有温度的，雪落得薄一些，慢一些，就瞬间融化了。落在屋檐上就不一样了，屋檐是低温的，即便是稻草缮出来的屋檐，失去了大地母亲的庇护，少了很多地气，温度也不会高。雪在屋檐上，一个小队一个小队地集聚，接着是一个连一个连，一个团一个团，一个军一个军，小雪的飘飘洒洒，下得久了，也成了气候。不同的是，小雪造成的积雪，会细细密密，或者称之为密密匝匝，不像大雪，有一股喧腾的气势在其中，也就是所谓的泡喧，不实在。

小雪一下，屋檐下，炊烟四起，鸟雀也开始敛足了。这是旧时乡村的图腾，今时之乡村，已经越来越像城市了，恐怕连炊烟也很少能见到了。旧时炊烟，造就的是旧时菜肴，印象中，最常见的是母亲做的炸萝卜丸子。白萝卜丝、胡萝卜丝，拌上面糊，撒上生粉、盐巴、葱花等作料，在菜籽油调出来的诸般植物油中烹炸，味道那叫一个香！吃起来，表皮酥脆，内里绵软可口，又有萝卜丝的清香和甘甜，简直可以称之为"香炸天"。可不就是香炸天？把雪都给引下来了，鸟雀也会在屋檐上逗留，我估摸着这些家伙也想趁着萝卜丸子的香，呼吸几口香气，也解解馋。

每每落了小雪，父亲总会在白瓷缸茶盏中沏一杯茉莉花茶，茉莉很小的颗粒，蜷缩在一起，九窨茉莉，也似一粒粒小雪，被沸水冲泡以后，茶香四溢，茉莉花在水中也逐渐伸展拳脚，变成了"大雪"。父亲穿着棉袄，端着茶缸，在门槛内喝一口茶，发着呆，有一种凭栏看落雪的闲适感，那是我见过父亲最惬意的样子。

（图／麦小片）

# 河南人的起床闹铃,是一碗胡辣汤

□莺 时

如果一个河南人的楼下,有一家胡辣汤店,那他大概率不会赖床。毕竟胡辣汤的香味,能轻易支配河南人的生物钟。

一口大锅,三两桌椅,是胡辣汤店门口的标配。一般卖胡辣汤的早餐店,店面不大,门口很是狭窄,进出点餐的食客,都需侧着身子簇拥着前行。拥挤又颇有秩序的食客,围坐一桌,即便再社恐的人,也拒绝不了别人的拼桌请求。待胡辣汤上桌,淋上几滴香醋,双手捧碗,顺着碗沿吸溜一口,入口的醇厚温热,夹杂着微微的胡椒辛香,自喉咙滑入胃里,沉寂了一夜的身体被瞬间激活。胡辣汤自是美味,但绝不可独美,"胡辣汤伴侣"不可或缺。作为百搭之王,油条的mini版油馍头、包子与煎饺的结合体水煎包,以及酥脆掉渣儿的烫面菜角,都是胡辣汤的官配。

河南人的标准吃法是,先夹起油条,咬上一口,而后将其松软有气孔的一侧,泡入碗中,微微泛红的胡辣汤挂在油条上,不等嚼上几下,便忍不住咽了下去,入胃过程极其顺畅。

正宗溯源、论资排辈,是美食圈的怪毛病。若问起河南人,最正宗、最好喝的胡辣汤店是哪家,你可能会得到一亿个答案。甚至你让不同地市的河南人,描述胡辣汤的具体口感,得到的答案也会天差地别:加豆腐丝的汝州胡辣汤,加粉皮的鲁山胡辣汤……

胡辣汤之所以名为胡辣汤,得益于其汤底中最重要的一味——胡椒。胡辣汤的辣,指的就是胡椒的辛辣。看似简单的一碗汤,从制作到端上餐桌,要花费一天的时间。牛骨高汤大火熬制,配上胡椒、草果、丁香、肉蔻等近30种调味料,加上红薯粉条、木耳、海带等配菜,在这碗汤里容身拥抱,烩出河南人的脾气与万千气象。

作为胡辣汤的重要配菜,面筋块的制作,是一个力气活。将和好的面团,放入水中不断搓揉,直到清洗出一块块带着气泡的面筋。洗面筋的面浆,可不能倒掉,胡辣汤的稠滑,多半要归功于它。无论是少林、武当般的逍遥镇、北舞渡,还是胡辣汤界的"网红"方中山,以牛肉汤打底,汤底微微泛红的牛肉胡辣汤,是河南胡辣汤最常见的模样。然而在河南濮阳,面筋绵长的乳白色胡辣汤才是主流。与濮阳白胡辣汤极为相似的,是开封的素胡辣汤。虽然名字里有个"素"字,但汤里的配料绝不马虎。除了粉条、面筋、木耳等配料,绵软香甜的花生,是勾人的存在。老式的开封素胡辣汤,会在开喝前浇上一勺芝麻酱。淡淡的麻酱香味,搭上配菜的各种味道,轻易便能在齿颊间,翻起阵阵味蕾快感。

濮阳白胡辣汤也好,开封素胡辣汤也罢,都是对传统河南胡辣汤的一种改良,是河南人为了喝胡辣汤做出的努力。

(图/兜子)

# 掉落林间的美好

□迟子建

月光和月光是不一样的。春天的月光，似乎也带着股绿意，有一种说不出的嫩；夏日的月光呢，饱满、丰腴，好像你抓上一把，它就能在指尖凝结成膏脂；秋天的月光，一派洗尽铅华的气质，安详恬淡，如古琴的琴音，悠远、清寂；冬天的月光，虽然薄而白，但它落到雪地后，新鲜明媚得像刚印刷出来的年画。所以冬日赏月，要立在窗前，看着月光停泊在雪地后焕发出的奇异光芒，你会想，原来雪和月光，是这世上最好的神仙眷侣啊！相比较，冬春之交的月光，就没有特别的动人之处了。雪将化未化，草将出未出，此时的月光，也给人犹豫之感，瑟瑟缩缩的。

凌晨三点来钟的样子吧，我被渴醒了。室内似明非明，我起身取水杯的时候，发现杯壁上晃动着迎春枝条般的鹅黄光影。心想月光大概太喜欢玻璃杯了，在它身上作起了画。喝过那杯被月光点化过的水，无比畅快。回床的一瞬，我有意无意地望了一下窗外，立时被眼前的情景震撼了：天哪！月亮怎么掉到树丛中了？我见过的明月，不是东升时蓬勃跳跃在山顶的，就是夜半时高高吊在中天的，我还从没见过栖息在林中的月亮。那晚的月亮也许因为走了一夜，被磨蚀得不那么明亮了，看上去毛茸茸的，更像一盏挂在树梢的灯，那些还未发芽的树，原本一派萧瑟之气，可是披在林间的月亮，把它们映照得流光溢彩，好像树木一夜之间回春了。看过了这样的月亮，又怎能不被美给惊着呢？只要睁开眼，蒙眬中会望一眼窗外——啊！月亮还在林间，只不过更低了些，再睡，再醒来，再望，也不知循环往复了多少次，月亮终于沉在林地上，由灯的形态，变幻成篝火了。

第二天彻底醒过来时，天已大亮。窗外的山，哪还有满月时的盛景？消尽了白雪而又没有返青的树，看上去是那么单调。虽然寻不见月亮的踪迹，但我知道它因为昨夜那场热烈的燃烧，留下了缺口，不知去哪儿疗伤了。因为它燃烧得太忘我了，动了元气，所以不管怎么调理，此后半个月，它将一点点地亏下去。待它枯槁成弯弯的月牙儿，才会真正复苏，把亏的地方，再一点点地盈满。它圆满后，不会因为一次次地亏过，就不燃烧了，因为月亮懂得，没有燃烧，就不会有灰烬，而灰烬，是生命必不可少的养料。

我怎么能想到，在印象中最不好的赏月时节，却看见了上天把月亮抛在凡尘的情景呢！假使我彻头彻尾醒着，这样的风景即使入了眼，也不会摄人心魄。正因为我所看到的一切在黎明与黑夜之间，在半梦半醒之间，那个月亮，才美得夺目。

（图/蝈蒟猫）

# 长冬有小趣

□马亚伟

长长的冬天,就像一趟长长的旅程;虽然我们都知道,终点站是春暖花开,但这趟旅程实在太漫长,如果不在沿途增添点风景,漫漫严冬简直成了苦旅。智慧的人们,最懂得在严寒的日子善待自己,在难熬的岁月来点趣味。

古人最擅长在寒冷中炮制温暖了。"围炉夜话"四个字,从骨子里带着古雅和暖意。"深夜一炉火,浑家团栾坐。煨得芋头熟,天子不如我。"屋外天寒地冻,风声呼啸,屋内家人围炉,笑语喧哗。有炉火可取暖,有芋头可解饥,有亲情可守候,这样的日子,美得赛过皇帝呢!其实,芋头不是主要的,关键的是全家围坐的场景。汪曾祺说的"家人闲坐,灯火可亲",源头就在此吧。

李渔在《闲情偶寄》中记述过他的一些小发明创造。冬天的时候,他会做"暖椅"。暖椅有一个中空的方盒,装上抽屉,抽屉里点几块炭烧,就可御寒了。不知道李渔的"暖椅"是否安全,但他这份炮制温暖的小情趣,让人感觉他是暖男一枚。天冷的时候,总给人时光很慢的感觉,觉得手中的大把时间怎么都用不完。也许正因有足够的时间,人才可以静下来思考,所以激发出了很多创意和灵感。

"晚来天欲雪,能饮一杯无?"如果下了雪,像白居易一样邀请好友来围炉夜饮,也是冬日快意之事。雪后的踏雪寻梅,可谓古人雅致情趣的天花板。若真能寻得山中野梅,折取一枝带回家,放置案前的花瓶中。萧条沉寂的冬天,鲜艳灵动的梅花,带给人无限欢喜。

往事越千年,岁月匆匆逝。当下的人们,依然会沿着古人描画的脉络,为长冬增添一些小趣味。最喜冬夜里家人围坐的氛围。如今,大家都捧着手机度日,但我总会在晚饭后招呼一家老小,放下手机,把时间还给亲情。冬夜长长,时光的脚步慢慢悠悠。我们围坐在一起,聊聊愿望,说说明天,谈谈往事,温馨的话儿暖人心。

长冬的小趣味,还有很多很多。长冬有小趣,生活有大美。

(图/兜子)

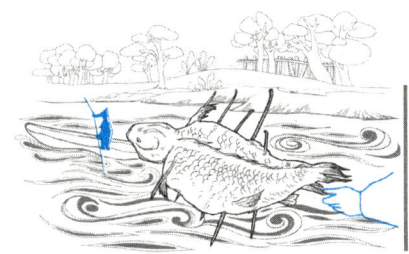

# 烤 鱼

□王 族

有一年在麦盖提县,我见到一个八九岁的小男孩吃烤鱼,他将整条鱼从嘴右边吞入,然后紧抿嘴巴不停地嚅动,一会儿便从嘴左边冒出一条完整的鱼刺骨,鱼肉已被他巧妙吃掉。

离那吃鱼少年不远处,有一户人家,仅住有一位年迈的老太太,我见到她时,她与一只猫依偎在一起,据说她从不吃饭,连猫也不喂一次,不知她和猫靠什么活着。我悄然退出门去。在她家院子里无意一瞥,见院中有整齐码放的鱼骨刺。想必那些鱼骨刺已存放多年,不仅蒙尘,而且有枯朽之感。我想老太太是靠吃鱼活着的,但她那么年迈,如何从塔里木河中打得出鱼?

我正在看那些鱼骨刺,那只猫从屋中蹿出,唰的一声跳到鱼骨刺上,做出警惕守卫状。我对猫笑了一下,它抖动了几下胡须,双眼中除了原有的幽冥之光,没有别的神情。此猫乃好猫,守着年迈的老太太,到了相濡以沫的地步。于是,我又对猫笑了一下,才转身离开。

后来,我打听到了那位老太太吃鱼的真相,在河边烤鱼的人多知道她的情况,听得猫叫便甩过去一两条烤鱼,猫叼回与她共吃,如果一次吃不完,便存放起来以俟之后再吃。

刀郎人的烤鱼皆出于塔里木河或沙漠中的海子。海子的生成往往有两种情况,或是塔里木河水溢出后形成,或是沙漠中的蓄水,规模都不大。当时想问问海子中鱼的情况,但那人脚步太快,转眼便已走出很远。等他在中午返回,便见他手提十几条鱼,最大的有两三公斤,最小的也有一公斤左右。我感叹他一天能捕到这么多鱼,不料他一笑说,今天捕到的鱼比这些还多呢,刚才和朋友在河边生火烤吃了一顿,已经有七八条进了人的肚子里。

那天下午,我随那人划卡盆在塔里木河中打鱼。我正与他聊得起劲,他却突然将卡盆稳住说,鱼来了!我细看河中,并没有一条鱼的影子,但他神情颇为严肃,将渔网撒进了河中。河中果然有鱼,少顷,他将网提出水面,便有几条大鱼在网中扭动。看来刀郎人打鱼久了,能听出鱼在水中的动静,下网收网都不会落空。

刀郎人在塔里木河捕到的鱼多为大鱼,如果不用红柳和胡杨树木生火烤,味道便不好。有人想吃小鱼,问了几人均摇头,此处全是大鱼,吃小鱼得去别处。

我们坐在河边聊天,见河中有鱼骨泛着白光,是人们在河边吃完烤鱼,手一扬把骨头扔进了河里。真是不应该,那样做既对不起鱼,又有污河水。正在感叹,见几条鱼游来,看见那鱼骨便倏然游走。大家看着河中的鱼骨,都不说话。

(图/麦小片)

# 爱得越来越小

□崔修建

早春三月的一个周末,我出差,来到一座小城,竟然在一家小饭馆邂逅了岛子。他正与两个诗友小酌,几样简单的小菜、几瓶廉价的啤酒,喝得三个人红光满面。

不用客气,我立刻挨着岛子坐下来,接过他递过来的酒杯,寒暄两句,便与老友和新朋一起举杯,为这欢喜的遇见。

岛子特意为我点了一盘酸菜炒粉条和一盘蒜泥血肠,问我:"口味没有变吧?"

我笑了:"谢谢师兄!你还记得我读大学时喜欢的口味。"

岛子也笑了:"从前的许多大事,大都不记得了,只记得一些琐碎的细节。"

真是弹指间啊,我都已经大学毕业三十年了,曾经的许多豪情壮志,皆已落英缤纷,杳然随流水而去。

感伤虽然难免,但心头仍有欣喜,我与岛子还有许多细碎的"记得"。我忽然想起杜甫的"莫思身外无穷事,且尽生前有限杯",便提议为窗外鹅黄的柳芽、细雨斜飞的春天,再干一杯。

很快,便聊到了岛子近年来的日常生活和波澜不惊的工作,女儿攻读博士的欢喜,与妻子左手握右手的亲切,还有对某些诗坛怪相的释然……聊着聊着,岛子发了一段很有意味的感慨:"年轻时的爱,宏大、泛滥而不执着,如今年过半百,蓦然发现自己的爱,开始变得越来越细小,好像自己现在只爱眼前的方寸天地了。"

"的确,万水千山走过,才发觉眼前的风景最值得好好欣赏。"岛子跟我讲了他的近况,去年,他在市郊买了三间平房,房前种花,房后种菜,夏日午夜听雨,秋天窗前望月,一壶茶、几册闲书,常常几小时,一晃就过去了。偶尔,他也去邻居家转转,看一屋人热火朝天地玩扑克、侃大山,他也跟老朋友似的,与众人闲聊家常……烟火味十足的日子,悠悠然,陶陶然。

我问岛子是否还写诗,他毫不迟疑:"写啊,写门前的牵牛花,写围着豆角架跳舞的蝴蝶,写陪着妻子逛街的好心情……"

"都是眼前的点点滴滴,不是什么宏大叙事啊。"我逗他,想当年他可是雄心勃勃地,热烈憧憬过要写出传世大作的。

"我现在学会'怜取眼前人'了,爱上了牛毛一样的细小,自然的、真实的、亲切的、让人心生欢喜的,那些触手可及的人、事、景、物,足以让我爱个够。"

"越爱越小。"我感叹道。

那天,与一位退休的企业家聊天,他告诉我这两年,他迷上了养花和做菜,像是爱心满满的花匠。他感叹,上了年纪后,爱得更狭窄,却爱得更浓了。原来,年轻时的爱那般海阔天空,等青春一散场,爱便转入狭小的一隅,转向眼前小小的琐细,却依然可以爱得痴迷,爱得诗意芬芳。

(图/木木)

# 一碗温热的抄手，囿于碗底，馋在心上

□谭 鑫

"抄手"二字相传已久，但名字出处一直不得而知。野间之中，有两个说法勉强可靠：一是指其皮薄易熟，随意抄着手闲坐片刻，便已熟然上桌；二是它的形状酷似一个人抄起两只手做环抱之状，好比人在冬季避寒时两手抱胸的紧紧相拥。

在我能记事的年纪，抄手还是一种逢赶场天，特有的东西。每至赶场归来，家人们口袋或无闲余，肚里或还空腹，但午后的饭桌上，必然独有一份抄手，单为我而留——那是母亲为我私藏的珍馐。抄手一度是我心中世上最美味的食物。

作为榨菜之乡人，老家的抄手里，红黄色的榨菜自然是不会缺席的。奶奶总不会忘记从泡菜坛子里捞出一把榨菜块儿，用刀研磨成粒；姑姑也去地里掐回几根绿油油的小葱，去茎洗净切花，佐以小蒜、姜米，最后添入一颗鸡蛋拌匀。红黄白绿几方唱罢，肉馅的部分便基本铺陈完毕。

无须一声"开动"来提点，家人的默契已在手头展开。左手托着面皮，右手举筷擀馅居中，对折，两角点水，最后以一个堪比莫比乌斯环的奇异角度，将面皮两头抄到中间粘紧捏合，形似元宝状的抄手便悄然出落。

等到爷爷嘴上那句"水烧开了"一提点，包抄手的任务便基本竣工。在清一色的大碗一字排开的瞬间，家人们已自觉围在了灶前。

大小个头儿聚在厨房磕磕碰碰，宛如锅里那白里透红起起伏伏，小孩子们不断地向掌勺的厨娘递诉着自己的喜好，"多放点海椒""我要加醋""少搁点味精"的声音，和锅中的香味交织在一起，不候多时，便又逐一捞回在青菜垫底的碗里。最后圆桌合围，各抄其碗，抱于圆桌。这场以抄手为名的课题，我在心里已换算为"团聚"。

在我已能成家的年纪，抄手逐渐变更成一种"寻常便饭"的东西。恋旧的我，总爱寻老店尝新。待抄手出锅上桌，初闻极香，卖相搭配也美到极限，但一口细嚼便可明了——城市阡陌，记忆之味，不说踪迹全无，大概不过无偶有独。

而每次回老家，审食疲劳之下，母亲总不忘问上一句："明天赶场，咱包点新鲜抄手吧？"我知道，我家的抄手依旧固执地来源于幼年记忆里的那条街，出没于人烟趋于稀少的衰败巷弄，依赖着渐渐在退出历史舞台的赶场天，继续以可以唤作团聚的形式出没于餐桌。

而我每次都不作声，算是默认；心中纵有千言婉拒，奈何记忆泛起，"不"便难从口出，这大概也算一种"甜蜜的负担"。

抄手如抱，囿于碗底，却暖流心上，每每入口，都是一场记忆和舌尖的双重拥抱。

（图/月儿）

# 窄街出繁华

□王太生

去陌生的城市，我喜欢到那些说不出名字的窄街走走，在不紧不慢，静中有动的街道上，感受一座城市的魅力。

窄街有小酒馆和书店，行人可以踅到一家挨着一家的路边小店里闲逛，老板会很热情地跟你套近乎，理发店里镜子明亮闪烁，水果店里橘红柚黄，光泽动人……嘈杂的市声在暮色中渐渐远播。

那些令人垂涎的特色美食，常隐逸在窄街深巷的某处路边，毫不起眼。

几年前，我所在的城，麻辣烫是流行的民间美食。十几家小馆子，扎堆在一条窄街上，小餐桌就靠在路边。每天有众多的食客跑来打卡，从上午11点到次日1点，络绎不绝。

一位诗人说，窄街上留有行吟诗人的足迹，这里是市井生活的一部分，民间文化在此汇聚与表达，演绎着温情，倘若这些不复存在，传统公共空间也就若有所失。

河街并行，人家尽枕河。我访西塘古镇，它安详静谧，古雅而淡然，水声让心中的浮躁得以平和。循着那条水边的街道，瓦棚廊檐，人在雨天也不至于淋湿衣衫，临河吊脚楼的灯影倒映于水面，影影绰绰，岁月静好。

水街若梦，天街有境。泰山天街，南天门向东到碧霞祠一段街道，商铺林立，亦市亦街，形成了特有的风俗。岫岩生白云，窄街出繁华。天青色里，我想在中国那几条比较有名的狭街等那些心灵相通的朋友。

苏州七里山塘，小桥流水，窄街蜿蜒。我想在那古石桥边倚棹等候，看岸上那些古色古香的店招在杨柳风中飘摇，听小楼临街窗口，两个姑苏女子的吴侬软语，惊是遇见《浮生六记》里的芸娘。

重庆磁器口，适宜约人喝酒。街巷两旁大多是明清风格的建筑，店铺林立。一条石板窄街，伸展、连接，承受几多沧桑。古镇红尘客栈，酒旗招展，灯火闪烁。一位家住山城的友人对我说，你若溯流而上，我请你到三峡喝酒。我对友人说，还是去磁器口吧，那地方窄街紧凑，烟火味浓郁。

有时候，我会想起古代的那些老街道，偶尔想去《清明上河图》里的窄街散步。汴京上河岸边的老街道，是一个人怀古时，在一个诗意的情境中，会见老朋友的地方。闲坐檐下，看那些穿着朴素衣裳的行人，他们在为一些琐事而忙；转弯的街角，会有两个久未见面的朋友邂逅，他们在六月的栀子香风中，或十二月的鹅毛大雪里，抱拳施礼，背景一片唯美。

窄街有静美，亦有大美，路不宽，却贯通远近，看得见繁华，望得见朴实，最重要的是氤氲着一个地方的盈盈人气。

人生的许多美好故事，在窄街相逢，又在一条不太宽阔的街道相别。

（图/孙小片）

# "啊呜"一口生煎

□欧 阳

生煎的魅力有多大？只需往一口煎着生煎的铸铁平底锅前那么轻轻一站，食客便全然失了抵抗力。

老师傅气定神闲地揭开楠木锅盖的一刻，蒸腾热气裹挟着逼人香气扑面而来，挤得满满当当，雪白而滚圆的生煎在黝黑的铸铁大锅里吱吱作响，小小芝麻噼里啪啦跳跃，翠绿葱花轻盈点缀，色香听觉先于味觉一步攻占一众食客"胃垒"。

新鲜出炉的生煎，底部金黄焦脆，面皮松软弹牙，紧实鲜嫩的肉馅沁出丰盈肉汁，心急火燎地一口咬下去，肉香、麦香、油香、芝麻香、小葱香一时间齐刷刷地在口中弥漫开来。能饱腹可解馋，既精巧又平民的一碟生煎常年在江浙沪人民的早餐桌上占据重要地位。

江湖上，习惯把上海生煎分为两大帮派：全发面皮，开口朝上，清水肉馅的"肉心帮"和半发面皮，开口朝下，浑水肉馅的"汤心帮"，所谓"浑水"，即在馅料中加入皮冻以丰盈汤汁。

吃生煎的人也由此悄然分为两派。"清水生煎""肉心帮"的追随者喜好纯前猪腿夹心肉绞成的紧实大粒的肉馅，好肉馅本身渗出的那一缕汤汁，量少，但足够鲜美，足够纯正，肉汁微微渗透进蓬松柔软的面皮中，无所顾忌地一整个放入口中咀嚼，平实中不乏些许欣喜，熟悉中自带一番熨帖，像是相逢一位相交多年的老友，君子之交淡如水。而"浑水生煎""汤心帮"的追随者则爱丰盈充沛而鲜活滚烫的汤汁，爱那一份咬下去时"轻轻提，慢慢移，先开窗，后喝汤"的小心翼翼，甚至有人偏爱咬一口"扑哧"爆浆时，汤汁溅得满桌满手的那一份猝不及防。

美食家蔡澜先生这样描述吃生煎时的体会："包子的块头很大，有香港叉烧包的大小，一口咬了，汁喷出，从来没吃过那么多汤的，皮非常脆，不会被浸得发软，这需要下很大的功夫，生煎的馅很美味。"

蔡澜先生的"皮非常脆"一语中的——生煎最为精妙的是那一块金黄酥脆的底板，吃生煎最讲究的是个"底"。原本吸收了肉汁的软趴趴的生煎底板，在放入锅中的每一秒中，都伴随着滚油吱啦啦的滋养，肉汁与油脂充分融合相互激荡，高温步步紧逼出焦香酥脆的口感，变得脆硬的底板又最大限度地锁住生煎内部的鲜盈汤汁，造就了生煎上软下脆，外酥里嫩的独特风味。

朋友是连锁店各类新式生煎的死忠粉，而我却念念不忘生煎老店里浓浓的人情味，以及在时间流转中的那一份心有所执心有所守。大概正是因为这一份并肩的守与破，传承与创新，一枚生煎，至今仍俘获着万千食客的芳心。

（图/麦小片）

# 一棵树的悼念

□冯积岐

这棵树守在我们村的村口。这是一棵白皮松，它的树身雪白雪白，如同皎洁的月光，恬静、安详；树身三人合抱不住，高大、伟岸；树冠犹如一把撑开的巨伞，匝地的树荫厚厚的、圆圆的一圈，仿佛一个巨人盘腿而坐。站在十几里以外的岐山大塬上，远眺我们村里的松树，它的光芒像箭一样穿透薄纱般的雾岚，越过一个又一个村庄，其形象依旧清晰、明朗，一点儿不模糊，一点儿不暧昧。无论近看远眺，它都是坚定的、坚毅的，给我们村远行而归的人以信心和信念。

这棵白皮松是岐山县的景致之一，也是我们村的标志。没有人测算过它的树龄，我小时候，村里的老人就说它是千年松。我们村属于先周墓群区，也许，它的根基就扎在先周。

我曾经在小说中多次描述过这棵白皮松，将它想象为一棵能开口说话的人树。我也曾虚构过，小说中的祖母为保护这棵松树而付出了很大的代价。小时候，祖母常常牵着我的手在树下捡拾松子和脱落的松树皮。树皮或像飞鸟，或像牛像马，或像山像石，这些树皮很有形象感。我的童年记忆，有不少日子烙印在松树下的青草地上：站在树下，可以听见，松涛声如吟似唱，如歌似诉；郁郁葱葱的松针间仿佛向下滴落绿色的汁液，绿了我和祖母，也绿了我的心灵，我的心中仿佛是一片绿草地。

我们村里的老人一茬又一茬白了头发，老去了，下世了。我在松树的注目中走过了童年、青年和中年，也开始变老了。可是，那棵白皮松依然神采奕奕、翠绿如初，它似乎和衰老无关。

然而，就在几年前，松树突然衰老了，树皮开始大片地脱落，松针枯黄了、落掉了，不再续长，树干光秃了，由雪白变为灰白，又由灰白变为黑色。那黑色的枝丫贴在蔚蓝色的天幕上，如伸出去的手臂，它似乎在无奈地呼喊或叹息着什么。老远看，白皮松像一幅水墨画悬挂在天地间，有悲壮的美感。通过这，我知道了，世间万物都有老的时候。我们常说的"不老松"，只是因为人寿只有百八十年，所以许多人难以见到自然老去的松。如果以天地为参照而观之，松的生命周期，也许跟我们眼中的夏虫差不多吧。

但是，不论如何，这棵松树在我们眼里，已经是个奇迹，我们村里的人为了悼念这棵树，为它立了碑，刻写了碑文。我回到故乡，站立在松树前，心中不免有一种悲伤感：这么顽强的松树，它历经了无数次的雪虐风饕，怎么说死就死了？既然有生命，就有死亡，凡是生命，都难逃这一定律。白皮松死了，可它依旧那么伟岸，那么刚直，不屈不弯，守在村口，仍被村里的人们记在心里。这才是一棵树的真正价值。

（图/蛔菓猫）

# 人间走遍却归耕

□王春鸣

傍晚，坐在鱼塘的台阶上，身边是深红浅紫的凤仙花丛，我捧着半个西瓜，噗噗地吐出黑籽。隔着围墙，看见那个不讨喜的邻居，总在每天的同一时间来侍弄他的瓜地，每一个西瓜，他编了号码，干活前先数一数，收工回去时再数一遍。

我很是不悦，他的这块地旁边，就住着我们一户人家，难道他是在防着我吗？

从前，我奶奶还在的时候，也很小气，每天都要数一数她的瓜，总说没熟，也不许我和弟弟吃。我就在大人们都午歇的时候，带上挖勺、大碗，冒着暑热来到地里，瞅准掩在瓜叶里的、最大的西瓜，给它翻个个儿，蹭掉瓜底的泥，然后摸出削笔刀，划出一个勺子那么大的等腰三角形，小心翼翼地取下来。西瓜确实还没有熟透，从三角形破洞里露出来的瓜瓤粉红粉红的，我趴在地里，一勺一勺掏了大半碗，再把瓜皮嵌进去，西瓜照原样翻过来，往泥地里摁一摁，瓜藤瓜叶子捋一捋，然后捧着瓜碗施施然钻进旁边的竹林，独自偷吃。

受伤的瓜当然不会继续生长、成熟，它慢慢地、极其奇怪而又自然地腐烂了。没有人发现我干的坏事，除了伸着舌头的小黄狗。奶奶一辈子都在疑惑，为什么有好些年，她长得最好的西瓜，总有几个在成熟期，眼睁睁地烂了。

还好，奶奶当年种瓜的地，现在属于我。一有空我就回家，种地、栽秧、捉虫、吃自己种的蔬菜瓜果。辛弃疾早为我写过一阕词："不向长安路上行，却教山寺厌逢迎。味无味处求吾乐，材不材间过此生。宁作我，岂其卿，人间走遍却归耕……"

人间七月，我的归耕之地除了种满儿时心心念念要自己种、随意吃的西瓜，还有番茄与黄瓜。五月里，我一共种了十五株番茄苗，也没怎么呵护，靠的是雷霆雨露，如今已经是硕果累累，被妈妈用渔网罩了起来。并不是不想跟鸟雀分享，而是因为它们太没有口德，总是东一口西一口，把所有的果子都啄烂。晚上想吃番茄炒蛋，我掀起渔网一角才采了一株，大大小小的红番茄堆在篮子里，就有了二十七个。有的时候，丰收也让人万般无奈。

旁边的黄瓜已经到了爬藤收工的末季，在回城的汽车发动之后才采下来。

在我们乡下萝藦不叫萝藦，而是叫婆婆针落线包，在《诗经》里，它则被称为芄兰。不管叫什么，于我，它就是一颗随风飞来的种子，自己生了根。

这一切生长，都是因为有泥土。

鱼塘里的睡莲收起花苞，晚饭花则热热闹闹起来，我看着家门口的土路，路边芦苇和芦稷混生着，十岁的我和四十岁的我，都曾经在上面走过，那出走的是我，回来的也是我。

（图/兜子）

# 吃到这道菜，表示你可以走了

□ beebee

蛋是飞禽世界里生命的起点，也是河南场面上饭局的终点。

不管大小宴席，见到鸡蛋汤上桌，就该自觉拎包走人，要离席。

当地人都管这道汤叫滚蛋汤，一蛋两滚，既滚出了这道味美鲜香的好汤，也滚出了曲终人散的收场。

主家不会出来赶走客人，因为他们相信滚蛋汤的背书，默认所有人心知肚明，即便不懂这套讲究，听了名字也得品味七分。

这是典型的中国式的含蓄，不会让你难受，就算难受也会让你舒舒服服地难受，里子面子都有。

中国的饭桌讲究先把人哄开心，再来考虑食物的味道，而开心往往体现在取名上。但宴席再怎么丰富，总归是要散场，而滚蛋汤作为一种体面的劝退手段，适用于所有宴席。戏台上最后一个节目为大轴，通常又叫送客戏，演员在台上弄点小活逗个乐子，观众在台下陆续离场，台上台下各自忙碌，都在玩一场名叫散场的游戏。滚蛋汤无疑是河南宴席上的大轴菜，多年来稳坐劝退菜单上的头把交椅，在不厌其烦表现吉祥祝福的菜品名中实属清流。滚蛋汤冠绝河南宴席，不仅因为名称有劝退作用，首先它是一道汤，其次它是一道美味的汤。掌勺师傅不同，开的配料方子也不一样，番茄木耳金针菇打底，爱吃肉往里加些肉丁，不爱吃肉就换成千张。

现在的滚蛋汤大都味偏酸辣，粘齿留香搔弄味蕾，用于消化食物的血液重新活络起来，有了动力，离开时不会再因鼓囊的肚皮垂头丧气。

老式的滚蛋汤会加米酒，味型取甜，作为宴席朵颐鱼肉后的软甜点非常合适，比那些酒店套餐里不痛不痒的水果强了太多。

版本虽有差别，但口味同样精彩，也许汤怎么做并非最重要的，重要的是都得滚蛋。

有人甚至为了一口滚蛋汤而期待宴席，前面的菜随便吃两口，隆重留给品味滚蛋的时候，别人离场时开始认真喝汤，就像聚会不过是为了告别。

把一道劝人离席的汤做得美味，好比用糖果让人放弃甜食，喝汤的客人有时也闹不清，到底是催人离开，还是想让人坐稳了仔细品尝。

毕竟把汤做得难喝些，客人离席的速度也会更快些。

这里头有种难以辨析的绵缠关系，滚蛋汤上桌意味着该散场了，而有人整场宴席都在期待最后一道汤，说不好是真的喜欢滚蛋汤，还是盼着宴席快点结束。

有机会去河南参加宴席，最后一道汤上桌，别着急走人显示自己内行，尝尝滚蛋的滋味。

(图/木木)

# 竹笋印象

□仇士鹏

我对竹笋的印象，一直是励志和积极的。

在黑暗中积累了一季的力量，竹笋用根握紧了大地的脉动。正所谓厚积而薄发，当春雨洒落，它便猛地抬头，捅破大地，一跃而上。高中时一位同学很喜欢竹笋，不仅在课桌、墙边贴满了竹笋的卡通照片，还写下座右铭"像竹笋一样，一鸣惊人"。他也是这么做的。

在高一，他算是班里的"拖油瓶"，时常挂在成绩单的最后一名。那应当是他生命里的冬天。他如咬定青山不放松的竹子一般，牢牢地坐在自己的座位上。无论我什么时候看他，他都在低头刷题。终于，在高二摸底考的时候，他冲入了班里前二十；在高三，更是直接迈入了年级前十。那时候，他已经从一根不起眼的竹笋，长成了翠色欲滴的青竹。

"嘴尖皮厚腹中空"，竹笋着实其貌不扬。母亲时常对我开玩笑说："你以后要像竹笋一样，做事有冲劲，但又不招摇。"她说，不能像花花草草那样，个子长不高，心思全放在花香上了。看看竹笋，不妖不艳，踏踏实实，长大后还十分虚心。当然，还要有足够厚的脸皮。每次下雨后，竹笋就一个赶着一个地冒了出来——它们只会把谦逊留给大地和阳光，却绝不会把生存的机会拱手让人。早一点破土，多长高一点，就能吸收到更多雨露。

母亲说她以前因为害羞，错失了上台的机会，她经常对我念叨，不管心里多么不好意思，也要像竹笋那样，该出手时就出手。不知道竹笋听到母亲的评价会是怎样的表情。或许在那满是泥泞的外皮下，也有一张因害羞、紧张而红扑扑的脸吧。

我最喜欢的，却是看父亲挖竹笋。

长时间生活在高楼上，我和竹林之间早已经没有了默契，在竹林里走来走去也发现不了被泥土抱在怀里的竹笋。而父亲不一样，目光一扫，便能找到笋的痕迹，锄头一刨，就把竹笋挖了出来。在我看来，这简直就是无中生有的魔术。所以每次和父亲上山，都像是一趟邂逅惊喜的旅程。我虽然只是一个旁观者，也能分到一点竹林的恩泽——当母亲用山泉水把父亲挖到的竹笋做成汤，我一口口地饮，似乎又和自然达成了默契。因为这时，春天好像也从我体内，破土而出了。

（图/孙小片）

# 清凉琐忆

□项丽敏

端午之后，盛夏的暑热如一匹金毛猛兽纵身而至，脚步所踏之地迅速蹿起灼人的热焰。

人们纷纷逃入室内，关紧门窗，打开空调，以现代电器制造出的凉冷抵抗暑热的威逼。空调供给的冷风把室内变成了幽凉的洞穴，而室外则更如热浪滚动的火炉了。这个时候，最叫人措手不及的是突然断电。洞穴很快变成蒸笼，从笼子里跑出来又不知该往何处，不由得怀念起那个在树荫、河水、竹床、凉席上度过的充满趣味的夏天。

在夏天使用凉席祛暑的时代得追溯到东周之前，《诗经·小雅》里的"上莞下簟，乃安斯寝"是关于凉席的最早书写。李清照的"红藕香残玉簟秋"，则将凉席提升至艺术的审美境界，惊艳的忧伤，令读者在品咂文字时便生出凉意。

玉簟是诗人冠之于凉席的美名。在民间，凉席的称呼则是朴素和直接的，草编的凉席就叫草席，竹编的凉席就叫竹席。草席是用马兰草、蒲草或灯芯草编织而成，质地柔软，凉度也较低，适合体质较弱的幼童和老人。竹席则以水竹、毛竹、油竹等为原料，将竹皮劈成篾丝，经蒸煮、浸泡等工艺后以手工经纬编织而成。竹席的优点在于透汗性好，凉度高，置身其上确有冰玉般的凉润与光滑。

放暑假了，孩子们像松了绑的小猴子，迫不及待地扑入山野，在河里嬉水、捉鱼，在长满野果的树上爬来爬去，或抓着一根树枝荡秋千。玩累了，就摘一片棕树叶子顶在头上回家。

母亲将一张旧的大草席铺在堂前的地上，穿堂风则像穿了隐身衣的顽童窜来窜去，不停地拂动墙上贴着的年画，弄出沙沙的响动。孩子们在凉席上围坐着、扭打着，把已经破了的凉席边缘扯得更破。

母亲一声令下，让孩子们停止打闹，乖乖地睡午觉时，铺在地上的凉席一下子就变硬了，仿佛有很多小石子在凉席里藏着，硌得人翻来翻去，难受极了。这时母亲便拿过一只大蒲扇，在凉席边缘坐下，看见有不安分的孩子想恶作剧时，便竖起扇脊敲过去，那孩子赶紧闭上眼睛，假装睡着了。

儿时，那张上了年岁的旧凉席，终于浸润上琥珀的光亮，成了盛夏记忆里最清凉的回想。

(图/HHYM)

# 平价小吃——麻辣烫

□巫 昂

北京今年冷得特别早,一天夜里,我走路出去找吃的,走路当然会比开车甚至骑车慢热,自脚心起慢慢热起来,如此走了很久,路过了全无路灯的树林子,也路过了高速路口,甚至路过了一个桥底的涵洞,越走越饿,这也是我想要的,把体内余下的热量消耗掉,一点儿也不剩,每个细胞都空虚饥饿,现在要寻找饥饿感必须有意为之,真是无奈。

然后我走到了一片居民区,居民区门口有超市,有各色小店,也有饭馆儿,在它的入口处,有一些野摊子,然后我看到热乎乎的麻辣烫板车,它的热气如此招摇,恨不能头顶升起一股蒸汽柱,一颗六十瓦的灯泡下面,是一对小夫妻。我打算吃麻辣烫,而且是坐下来慢慢吃。

咕咚咕咚滚着带味道的水,分成一个个小格子,里面放着各色丸子、豆腐、蔬菜,我挑了自己最喜欢的几样:鱼豆腐、白萝卜、贡丸、包心鱼丸、凤尾菇和蘑菇,蘸料自配,有辣椒水、芝麻酱、蒜汁儿和香菜,统统放在一个小碟儿上面,蘸着吃。我对面坐着三四个姑娘,里面有个贫嘴的,跟男店家不停地开玩笑。

超市里的火锅料区常常也可以买到鱼豆腐,以前我吃安井的,现在安井似乎败给了别家,我原先居住的小区小门外,有个常年经营烧烤的小摊,那位东北大婶也有烤鱼豆腐,我也每每点之,总觉得鱼加豆腐,好像古人吃羊肉加鱼肉,美到极点。

电视主持人孟非在节目上讲过一个段子,说自己跟朋友二人深夜去三里屯闲逛,突然感到肚子饿,于是吃了麻辣烫,结完账后,他更是兴奋地在微博上发了一条说,今晚我跟朋友吃麻辣烫,才花了64元。底下很多人跟帖骂他炫富,他们道:我们吃麻辣烫一个人最多吃十块钱,你是有钱还是怎么的?

这就是麻辣烫的平价家常,摊主们通常用一种方法区别贵一点儿的签儿跟便宜一点儿的:粗一点的竹棍儿,用来穿牛肚香肠等荤物,那就是一块钱一串儿;细竹签代表了七毛钱一串的素菜。最后数签子,你不用捂住钱包汗如雨下,只要不是忘了带钱,基本上都付得起。如果又穷又月光又想吃一顿好的,这是最优之选。晚来风急,最难将息,独自哪里去?街边摊麻辣烫,端一个不锈钢浅碟儿,罩个素白塑料袋,里面加上麻酱辣椒油,就那么对着热腾腾的小格子吃将起来,摊主不希望你走,拉着你聊天,同摊的食客大多是平常人,有颗幽默的心,开你玩笑惹你欢笑,这样的场景就跟穿越剧演到了原始社会,温情得可以直抵你的心。

(图/麦小片)

# 韭菜盒子，究竟有多香

□ 近 云

有俗语称韭菜"春香、夏臭"，春天的韭菜，尤其是上年秋天开过花留下的薹下韭，难得的鲜香。而到了夏天，韭不如草，味道大打折扣，自然也就无人问津。所以每年开春，把韭菜安排到餐桌上，算得上送给味蕾的迎春之礼。

我爱吃韭菜炒鸡蛋，它绿得鲜明，黄得动人，让人心情明媚，如沐春光。不过作为北方人，我更爱春韭与面食的结合，韭菜饺子，韭菜包子，够鲜灵也让人吃得踏实。最出挑的是韭菜盒子，一口下去，霸气的鲜香连同丰盈的汁水，撩人的春色在滚烫中升华。在我的心里，开春儿的头茬韭菜，就没有不做韭菜盒子的道理。

小时候，每当户外冰雪消融，远山渐绿，我就会格外留意后院菜地那一畦杂草间的春韭。好在春日里韭菜的生命力绝不输给杂草，用不了几天，春韭已有了一青二白的架势。终于有一天，妈妈下田里割回一把韭菜，个头不大，却鲜嫩欲滴，香味扑鼻。妈妈准备做韭菜盒子，而我，开始围着妈妈转。包馅、捏边、热油、下锅，妈妈做韭菜盒子总是一气呵成。刚出锅的韭菜盒子最香，所以每次妈妈烙韭菜盒子，我最要紧的事当然是在灶台边蹲守。锅里的韭菜盒子被煎得两面焦香金黄，香气弥漫满屋的时候，我手里早已抓紧了盘子，准备随时迎接韭菜盒子大快朵颐一番。

刚烙出来的韭菜盒子，上面细细的油泡还在吱吱啦啦，热腾腾的面皮映着黄绿相间的韭菜鸡蛋，让人忍不住想大吃一口。可千万别急，心急吃不了韭菜盒子。先咬一小口，放一放韭菜盒子里的热气，再趁热吃，才是不二法门。只不过，道理我都懂，可在韭菜盒子面前，谁还有空想这些呢？于是，一边真香，一边真烫，吃得跳脚，鲜到忘乎所以。

也不知道是韭菜盒子太香，还是儿时对吃韭菜盒子的记忆太过美好，年复一年，无论身在何处，吃顿韭菜盒子成了我迎接春天的仪式感。

岁月新更又一春，从前是我在厨房围着妈妈转，如今我的儿子也开始时不时地来厨房打探，饶有兴致地询问："今天吃什么？"

我抬头看看窗外明朗的春光，妈妈做的韭菜盒子跳入脑海。离家在外，既然吃不到妈妈做的韭菜盒子，就让儿子吃上我做的韭菜盒子吧。不用看菜谱，靠着记忆里的点滴，电饼铛里的韭菜盒子已经喷香。"韭菜盒子真好吃！""好烫啊！"看儿子吃韭菜盒子的小样儿，犹如当年自己的馋猫儿相。

几个韭菜盒子下肚，抚慰了味蕾，也唤醒了思绪。择时而食，本是个平凡又自然的选择，却因有关美食记忆的微妙作用，开启了一段浓浓的思念和美好的传承。

（图／蝈菓猫）

# 福州人：谈恋爱吗？我超甜

□推 推

对"咸滋味，淡清甜"的福州人来说，"吃甜"已经成了一种习惯：炖排骨汤，当然要加点糖，这样喝起来比较甘甜嘛；小时候吃稀饭都是放白糖啊，没毛病；什么，甜度满满的荔枝、龙眼也要蘸白糖吃？

其实，福州菜的甜度，在部分菜名里就可窥见一斑。比如"荔枝肉"，看名字就很甜，吃起来更甜。但甜味的来源并不是荔枝，所谓荔枝，其实是切成十字花刀的猪肉经烹调后形似荔枝。这道菜之所以是甜的，是因为福州当地重量级的调料：白糖与猪油。

再比如福州有名的甜品"芋泥"，将芋头蒸45分钟，碾成泥后加入猪油搅拌均匀。注意：重头戏来了！搅拌的过程中放入大量白糖，复蒸一刻钟——糖才是这道菜的精髓。在卡路里与甜度的双向夹击中，幸福感直线上升。

在福州人面前，蔬菜也不能幸免。炒青菜时，要先把糖下油，再过青菜。吃起来满满的鲜甜味，不用就米饭，当甜点吃也无妨。此外，即使是外来小吃，进了福州也不得不向甜妥协。比如煎饼，不管是卷着大葱吃的山东煎饼，还是配着锅巴菜的天津煎饼，都不会是甜口的。然而到了福州，入乡随俗吧。在福州，满煎糕就是利用福州生产的蔗糖及花生仁拌在发酵松软的煎饼卷里，相传这是左宗棠发明的吃法，因为甜能增加士兵的饱腹感。

据调查，沿海的地方大部分都喜欢吃甜。豆果网曾在2013年发布《中国美食网络发展及趋势报告》，评选出了十大最爱吃甜城市。榜单一出，苏州网友都为福州打抱不平：每样菜几乎都放糖的福州竟然没有上榜？

虽然江浙菜系同样偏甜口，但江浙人放糖还有一套大致定律：红烧的菜一般会加糖，而白灼或清炒则不会。这与连炒青菜都放糖的福州相比，简直是小巫见大巫了。不过，大刺刺的福州人倒也不在乎这些，只开玩笑地说上两句：应该是福州的吃甜程度，其他城市已望尘莫及了吧。

大概爱吃甜，把福州人也打磨得越发甜美，温润无争，还透着莫名的乐观。对他们来说，与其在乎排行和存在感，倒不如约着恋人或拉上三五好友，逛逛夜晚的江滨，再喝上一碗古早味的花生汤，吃上一份鲜甜的芋圆。

毕竟这座城市透着浓浓的烟火气，在这样的烟火气中撒入一把糖，小火慢熬出的日子可是惬意得很哪。所以，来福州吗？谈恋爱吗？我们可是超甜的哦！

（图/果酱的酱）

# 锅 气

□梅 莉

同事的妈妈买了个自动炒菜机,说方便又省力,要买一个送给同事,被她一口回绝。我知道这玩意儿一个就要上万元,听说做菜的水平打败了全国百分之六十的主妇,就问她为何白送的都不要。她义正词严地说:"我吃过朋友家机器人做的一桌子菜,很不喜欢,因为没锅气。还是我自己做的好吃,有锅气。"

我喜欢吃有锅气的菜,似乎它还留有锅铲在油锅里热烈爆炒时的噼啪声。忽然想起初中时的同桌,她唱歌五音不全,但喜欢唱,非要逼她爸爸承认她唱得好听。她爸忍无可忍,有一次,正在炒菜的他拿起锅铲就在锅里"哐哐"地猛铲几下,说女儿唱的就和这个声音一样。我听了乐不可支,认为她爸好风趣,至今不能忘,甚至认为我同学的歌声里也有了锅气。

有一阵子,我做菜不想起油锅,就开启清蒸与水煮模式。那些菜没经历过生活红红火火的千锤百炼,就像缺少了灵魂,无功无过,吃不出幸福快乐的感觉。厨房也是江湖,食材各有各的脾气,一味清蒸水煮,泯灭个性,哪有煎、炸、炒来得快意恩仇。缺少了锅气的清蒸水煮明显不受欢迎。

现在有许多饭店都对客人开放了厨房,我先生也喜欢进去东看看,西瞅瞅,想顺便偷艺。观看了厨师们大勺翻飞、火光四溅的激烈场面后,在家做菜时,他也学以致用,大火、热油、爆炒,可是,好几次油都在锅子里烧起来了,至于颠锅,有几次还把菜颠出了锅。后来,这些高危动作被我叫停,但他如今做的菜确实锅气十足,越来越有家常大厨的厨艺。

汪曾祺先生也是喜欢围着锅气转的人,他在《做饭》一文里写道:

"做菜的乐趣第一是买菜,我做菜都是自己去买的。……我不爱逛商店,爱逛菜市。"

"看看那些碧绿生青、新鲜水灵的瓜菜,令人感到生之喜悦。其次是切菜、炒菜都得站着,对于一个终日伏案的人来说,改变一下身体的姿势是有好处的。"

"最大的乐趣还是看家人或客人吃得很高兴,盘盘见底。做菜的人一般吃菜很少。我的菜端上来之后,我只是每样尝两筷,然后就坐着抽烟、喝茶、喝酒。从这点说起来,愿意做菜给别人吃的人是比较不自私的。"

我把此文发给热爱做饭的嫂子看。嫂子看了文章后很开心。现在每次与我们视频结束时都会说,你们等着,等疫情结束了,我去上海住一些日子,天天做好吃的给你们吃!

于是,我们热切期盼着这一天快点到来。锅气到底是什么呢?说起来有点玄。但我想,锅气里必然包含火候、技术、人与食物的互动和爱。

(图/木木)

# 宁愿人生如钢刀，可斩不平可烹饪

□李 鲲

在广东街头，驻足街市烧味摊铺，烧味师傅的标配是一个大实木菜墩，以及手中那一柄厚背薄刃、油光锃亮的菜刀——他右手用刀尖插入鸡鸭鹅的腹部，左手掌用力猛一拍刀背，鸡鸭鹅立刻剖为两半，再侧刀割进翅腿连接部位，沿刀刃一划一斜，食物的各个部位便迎刃而解。切叉烧前，会先用刀面平拍一下，再侧过来斜切成手指宽厚的肉条，据说如果不拍肉不够紧致，口感松散。烧猪体积较大，师傅先用菜刀从脆皮处入手剁下一条，再从侧面均匀快切成火柴盒大小，保证每块都肥瘦皮相间。每次下刀前，师傅往往伴有两个习惯性动作：一个是双手扶刀背，刮去菜墩上的渣滓，一个是用刀面重拍菜墩侧面，发出清脆的响声——这都是为了防止浮渣混入食物，久而久之，刀声、刮案板的霍霍声、拍刀的金属声会成为烧味摊不可或缺的有声招牌，所谓"运斤成风"，实不虚也。

无肉可切时，菜刀后刀尖被剁入菜墩，刀头斜指还在滴油的食品，师傅用围裙擦手，有时以食指轻弹下刀，眼中似乎有些许恍然若失。因为酷爱烧腊，光顾次数多了，我对切烧腊的菜刀也起了研究之心。

从人体工程力学分析，中国菜刀的重心分配并不算科学，拎在手中有头重脚轻的感觉。木质椭圆或纯圆刀柄也并不算称手，但中餐厨师似乎就是不中意西式刀具，其中原因大抵如下。

分量。中国菜刀普遍比西方厨刀厚重，重量大、重心前倾，这在攻击性武器上是劣势，在厨房里则是优势，尺寸案板范围内无须周遭挥舞，在鱼肉萝卜白菜间能随手腕借使力。烧腊师傅闲时轻轻一甩剁刀入案，没有一定分量的刀是做不到的。

硬度。钢材的硬度决定刀的锋利度，中国菜刀牺牲了软钢的柔韧性和不锈钢的耐腐蚀性，以高硬度好钢用在刀刃上，加上淬火研磨，开锋相对锐利，比如金门菜刀用炮钢打制，终成一代神器。

烹饪习惯。中式菜肴以爆炒为主，食材下锅前基本加工成型，需要刀具分割得比较到位，厨师一柄菜刀不离手，上下翻飞，还有横切牛肉竖切鸡的各种刀法讲究。西方以煎、烤、炸、煮为多，大块食物上桌后，一般还需食客用刀叉二次处理，所以厨师刀工可以相对粗犷一些。

技艺之妙，存乎一心。一代代厨师凭借一柄简陋的菜刀，可以变出松鼠鳜鱼、爆炒腰花、鱿鱼卷之类考验刀工的红案菜品，也可以做出山西花馍、面片面条之类的白案面点，哪个不是严师传授、多年苦练出来的功夫？他们的肌肉记忆早已臻于郅治，手中有刀，心中无刀，真力所至，唯手熟尔。有酒客说只愿人生如杯酒，能饮风霜能温喉；也有吃货在共勉，宁愿人生如钢刀，可斩不平可烹饪。

（图/麦小片）

# 陪我吃包子吧

□蔡要要

小米家楼下有一家开了十年却没有名字的包子铺，卖的包子皮薄馅儿大，看起来很诱人。小米每天早上都会买两个包子和一杯豆浆。小米喜欢这家无名的包子店，肉馅的包子总是咬一口就流油，他们选的肉总是最新鲜的三分肥七分瘦的猪后腿，不像那些黑心包子店的包子吃起来有股奇怪的腥味。甜馅的包子呢，也不会齁甜齁甜的，而是带着白砂糖特有的香气。

那天的公交站台上，站着一个也在吃包子的男人。他静默地站在那里，认真地吃着包子，就像他在吃的，并不只是一个简单的包子，而是一份精致的早餐。小米有些自惭形秽，她从来没有像这个男人一样，认真地品尝过每天都会吃到的包子。

小米胡思乱想的时候，车来了，她抓着没吃完的包子上了车，隔着车窗玻璃，她看见那个男人把塑料袋丢进了垃圾桶，掏出纸巾擦了擦嘴。这是多么平凡又普通的一幕，可是小米就这样被深深打动了。第二天，小米又在站台上看见了他。这时又一辆37路公交车开了过来，他却排在人群里跟着上了车。小米忽然明白了，他要等的就是37路公交车，只是因为刚才他还在吃他的包子，所以没有上车。小米愣怔地站在原地，她奇怪地想，这个人，到底是哪里和我不一样？好像他吃到的包子，和我吃到的，明明一样，却又不一样。

小米想要认识他。可是从那天开始，小米再也没有在公交站台上看见他。她去买包子的时候，也没有遇到过他来买包子。他就这么忽然地消失了。小米开始像他一样，试着慢慢地、一口口地咀嚼，让包子的肉馅儿，在自己的嘴里迸发出最得意的味道。她慢慢地能尝出来了，馅里放了最新鲜的大葱，加了胡椒粉和酱油，包子皮是老面发的，吃起来还有一股面粉本身的甜味，有嚼劲却松软。她的每个早上，都开始感到和以前截然不同的快乐，因为她能吃到最好吃的早餐，这种巨大的幸福感让小米一整天都充满能量。只可惜那个男人再也没有出现过，小米有些失落，但是似乎也渐渐地不在意了，她得到了更多。

那天下着蒙蒙细雨，小米撑着一把透明的雨伞，喝着温热的豆浆，默默地等着即将到来的公交车。这时，一个熟悉却很久没有出现的身影站在了她的旁边，小雨把他的头发染上了一层水雾，他却带着一种丝毫不在意的镇定，也在喝着一包豆浆。小米轻轻地走到他的旁边，把伞举过去一些。他有点儿吃惊地看了小米一眼，露出感激的微笑。

小米平静地说："下次，我们可以一起去买包子，一起吃。"他什么也没说，却点了点头。透过透明的雨伞，小米可以看见一朵云正在静悄悄地飘动。

(图/木木)

# 人间美味方便面

□音乐水果

"你带'人间美味'了吗？"

"我带了，带了五袋。"

每次旅行前，我和小伙伴互相检查所携带的行李是否有遗漏的物品时，都不约而同地在旅行箱一角，为方便面留下专属空间，还给它起了个外号：人间美味。

去瑞典旅行时，有次拎着两包方便面进厨房，遇到正在做晚饭的房东姑娘。她正煮着意面，水开后把面下进去，明黄色的面条逐渐变软；另一个锅里煮的是意面的肉酱，其实就是超市的肉酱罐头，倒进锅里加热即可。令我奇怪的是，这两个锅里没有任何饭香味儿散发出来，厨房的空气一如既往地清新。

一共有四个炉灶，我们用旁边的一个炉灶烧水煮方便面。水开后先放面，面略软后就放调料包，等调料包一放进去，宽敞的厨房里都是咸香味儿，房东姑娘的眼神也不住地往我的锅里瞟。想着我们还有几袋方便面，便提议："咱们交换下晚餐？"

房东姑娘开心地点头，她把面和酱分别盛好后，换来了我们给她盛的一大碗红烧牛肉口味的方便面。就餐时，她用叉子吃面吃得带劲，用勺子喝汤也喝得过瘾，而我俩吃着她做出来的家常版意面，觉得这闻起来就不香的饭果然吃起来也不香啊！真是想念我们的方便面。

吃完这顿饭后，这位瑞典房东姑娘彻底迷恋上了方便面，她特意去斯德哥尔摩的亚洲超市买了几袋方便面回来煮，煮完后却并不是我们所煮的味道。她让我尝了尝面后奇怪道："都是方便面啊？"我拿起包装袋仔细看了看，发现原产地不是中国，而是马来西亚，可能亚热带地区的人们更偏爱清淡口味吧，这种方便面确实味道太淡。于是，我建议她找找中国产的方便面，可能味道会比较接近我们所煮的那种。

我们回国后，她还给我发了邮件，说她找到了中国产的方便面，煮出来后味道和我们煮的一模一样。她还专门请家人过来吃方便面，我和小伙伴得知后哭笑不得，要是在中国，一大家子聚餐吃的是方便面，那场景多少有点寒酸；可在国外，方便面竟然成了一道不可多得的美食！

我想，在以后的旅行中，我会继续带着"人间美味"前行。每当我的胃想家了，我就拿出一包煮着吃，缓解下胃的"乡愁"。可谓人间美味方便面，最是乡愁方便面啊！

（图/熊LALA）

# 窗花舞

□张金凤

我去赶年集，总是特意寻找窗花。那手工剪出的红窗花，每一幅都经由一双灵巧的手抚摸过，充满智慧和爱意；剪刀裁出的线条简约而质朴，有着人间烟火的气息。

窗花承载着我美好的记忆。幼时乡下的冬日，红彤彤的炭火盆旁，女人守着针线笸箩，用小剪刀在红纸上勾画自己的梦。剪了一辈子窗花的奶奶，头白了，耳背了，眼花了，可仍能剪窗花。她戴着花镜盘腿而坐，小巧的剪刀在指尖轻盈地旋转、舞蹈。左旋右转之间，一朵朵美丽的窗花在她手中慢慢绽放。

日头升上来又落下去，窗棂纸暗下去又亮起来。那些盛开在笸箩里的窗花，耐心地等着好日子到来。到年关，女人们刮掉旧窗纸，给窗棂掸去尘埃，贴上崭新的白纸。那雪白的新窗纸，将覆盖过往日子里的辛劳，给平实的生活增添浪漫。

新封的窗太素淡了，像茫茫的雪野，要开些花儿才有生机。等过了年，春天就到了，是应该红红火火地开着花迎接它。于是，人们将红彤彤的窗花张贴在雪白的窗纸上。窗花是枝头飞翔的诗歌，是心头传承的薪火。

每年春节前，我都抽空剪几幅自己的窗花。我的窗花师父是一位七十岁的老人。十几年前她全家从农村迁到城里，离了土地，就在家剪窗花分给亲戚朋友。后来不断有人联系购买，这乡村里的老手艺竟然被城市人接纳和喜欢，于是她把剪窗花做成了自己的事业。

老人的窗花有传统的样式，也有女儿给设计的新颖花样。我买窗花都是买双份，一份贴在窗上，一份收藏着用来自己学着剪。从最简单的花样开始，从笨拙渐渐娴熟，线条由粗陋渐渐圆润。

去年我买了一套胶州秧歌人物的窗花，共十二张，人物栩栩如生，动作鲜活动感。把它们一一张贴到窗上，屋里登时热闹起来，就像在炕头上演了一场秧歌大戏。新年的阳光里，这些窗花就像活的一样，彩绸飞舞，扇子翻飞，耳畔似乎响起锣鼓唢呐的欢畅曲调。

不经意间抬头往外看，见对面人家的玻璃窗上也贴着这种窗花。小区喇叭里响着热闹的《春节序曲》，屋角的红灯笼在风里晃动着。那一刻，我感觉窗花上的舞者都在舞动，舞得旖旎多姿，舞得虎虎生风，团团祥和的喜气笼罩着家家的春节。

（图/麦小片）

# 艾香悠悠溢端午

□钟 芳

"五月五,是端午。门插艾,香满堂。吃粽子,撒白糖,龙舟下水喜洋洋。"在我的家乡,每到端午节,人们除了赛龙舟、吃粽子、喝雄黄酒外,还要去采几束艾草,插在自家的门楣上。我对插艾草这一习俗一直情有独钟,那一缕袅袅清香,常常把我牵进思念的故乡。

儿时家乡的端午节,是艾草清香氤氲的节日,家家户户门上都插满了艾草。听长辈们讲,艾草能祛病免灾,驱邪避晦,保佑一家人平平安安。端午那天,将它插于门楣,可使人身体康健。可这一插,竟有了上千年的岁月。

艾草是一种芳香型草本植物,碧绿中散发出幽幽香气。每年初夏,正是艾草疯长的季节,它们总是挤挤挨挨地长在溪水岸边,叶片浑身泛着白白的茸毛,不施粉黛,绿油油的,充满着活力。那身姿挺拔瘦直,宛如亭亭玉立的乡村少女,清秀淡雅,温婉脱俗。轻风拂过,便有暗香浮动,带给你拂面的清凉芬芳,让人不由得吟出《诗经》里的佳句:"彼采艾兮,一日不见,如三岁兮!"

端午节的清晨,母亲总是带着我一大早去河边采艾草。晨曦中,深绿色的叶子闪闪发光,亮晶晶的露珠儿从繁密的艾叶上滚落下来,很是美丽。只见母亲小心翼翼地采着艾草,洗去上面的泥土,看到自己的劳动成果,母亲总是乐得合不拢嘴。回到家中,母亲还会用碎布块缝制成各种精巧的小香包,内装积存的干枯艾叶,让我们佩于胸前。嗅着淡淡的香草味儿,感受到的是母亲的疼爱和温情。

据说艾草全身是宝,被称为"医草"。用艾草泡水洗澡,可以解毒治病。每到端午,母亲总是煮一大锅艾草水,倒入盆中,让我和小弟泡澡。坐在漂浮着艾叶的木盆中,吸着缓缓上升的芬芳香气,相信谁也不会拒绝这份浓缩了大自然草木精华的馈赠。也许是这样的清洗很舒服,小弟的脸上总是露出可爱的笑容。在艾草水的熏蒸下,我们的皮肤变得光洁生香,整个夏天都清清爽爽。

一眨眼,端午佳节又快到了。母亲接连从老家打来了几个电话:"今年端午节要记得回家插艾哦。"听着母亲的唠叨,那悠悠艾香,又溢满心间。此时我才幡然醒悟,端午插艾草不仅是一种念想,一种母爱的味道,更是一种习俗,一种文化的代代传承。一瞬间,我的脑海里又浮现出那一棵充溢绿意与清香的艾草来。愿那绿油油的艾草,生生不息,艾香馥郁而绵长。

(图/鹿川)

# 草有本心

□彭根成

春天里,我最喜爱的就是小草。出去散步的时候,在路边看到一丛丛青草,我都禁不住俯下身观察它的模样,嗅它散发的清香,赞叹它的生机与旺盛。就是这平平凡凡、普普通通的小草,也有人们难知难懂的本心。

草亦有恨。"城上草,植根非不高,所恨风霜早",没有地位、没有庇护的草,被风霜肆意地欺凌,怎能不恨?但它把自己的恨深深地埋没在土里,任冰雪重压也不去呐喊、不去抗争,故野草常被人们认为是软弱的,可以肆意践踏。它似乎知道,与大自然对抗是徒劳的,忍辱负重才是自己唯一的选择。春天来了,它以豁达大度的情怀,把积蓄的力量,化作翠绿的衣裳,装扮着神州大地的每一个角落。

草是清高的。"草木有本心,何求美人折。"野草,不羡慕花的美丽,不嫉妒花的芳香,不仰慕树的高大,却按本性生长,随四季而荣枯,不媚人荣,不求人知,在旷野里自由地生长着,蔓延着。春,催生了野草,野草点缀着春天,"草不谢荣于春风",感恩与回报尽在枯荣之间,野草如此清高的品性,只能是造物主对大自然的馈赠。

草懂得珍惜生命。"野火烧不尽,春风吹又生。"这背后除了野草具有顽强的生命力,还有对生命的珍惜,有了珍惜,才会顽强。哪怕被烈火烧为灰烬,也会把根留住,所以恨野草的人,必斩草除根。"花易凋零草易生""一番桃李花开尽,惟有青青草色齐"。当人们怜惜红白满地的时候,可别忘了"庭草根自浅,造化无遗功。低回一寸心,不敢怨春风"。大自然对生命是公平的,就看你珍不珍惜。

草是洒脱的,"野花向客开如笑,芳草留人意自闲"。在和煦的春天,优雅地换上绿装;在炎热的夏天,尽情地舒展着翠叶;在金色的秋天,沐浴着融融的阳光;在严酷的冬天,不作声息地积蓄力量。温室里的鲜花自然经不起风吹雨打,与其"花如解语迎人笑",不如"草不知名随意生"。四季轮回,揭示着适者生存的自然法则,"劲草不随风偃去"正是野草洒脱的写照。毫无疑问,能在逆境中顽强洒脱活下来的,便是生命的强者。

我很喜欢白居易的"离离原上草,一岁一枯荣。野火烧不尽,春风吹又生"。草以顽强旺盛的生命力,饱蘸生命的浓墨,在广袤的大地上,不停地挥毫傅彩。

(图/兜子)

# 绵羊太子与佛堂羊肉

□孟 晖

在东阳再次吃到了佛堂羊肉。

北方人喜欢吃羊肉，吃起来胃口惊人。一群朋友凑在一起的时候，一顿能吃下整只的烤羊腿，还要再加一二十串烤羊肉串，涮火锅的话，几大盘羊肉片儿那是转眼没。我曾经以为吃羊肉只能走这种粗放风格，直到在广州见识了"白切东山羊"，才领略到，熟悉的食材可以拥有完全不同的意境。也是从那时起慢慢明白，南方出山羊，一方水土养一方羊，其肉质要比北方草原的羊细嫩得多。

在江南丘陵上散养的山羊嫩而不肥、没有膻味，尤其适合白煮，因此形成了一个大致的规律，凡是丘陵连绵之地往往形成养山羊的风气，连带着也就发展出善做白切羊肉的传统。佛堂镇便属于类似的情况，它是义乌的一个古镇，也是"中国历史文化名镇"，不过，对义乌、金华一带的人来说，这个古镇最大的魅力就是其擅长的白切羊肉。

据介绍，从20世纪到现在，这个镇子一直遵循古法，从杀羊和洗肉的环节起，每一步都有特定技巧，烹制过程更是讲究：在大锅里以清水煮肉，一定要烧木柴，而且讲究文火慢煮两小时，把肉"焖熟"，然后还要将出锅的肉脱水风干，让肉质变紧实。

佛堂镇人就以这一道菜名扬远近，每天精心熬了一锅锅的喷香羊肉，周围几座城市的人们自会主动来购买，并且简单直接地称之为"佛堂羊肉"。佛堂羊肉吃在嘴里确有妙处，不仅像鸡肉一样滑嫩，还有着类似猪肉的莹润，但又比猪肉和鸡肉更为紧实，也就更有嚼劲，连在肉上的那层羊皮尤其精彩，让我真的想到了嚼冰玉、含雪凌的诗意形容。无论在北方菜系，还是在西餐里，都没有品尝到这样柔腻质感的羊肉啊！

今年再次到东阳，人刚到齐，吴清老师就像变戏法一样，把一个大荷叶包摆到桌上，解开鲜荷叶，是一大块佛堂羊肉！他告诉大家，是当地朋友早晨特意送来的。大家在茶台围坐一圈，手抓着羊肉蘸了酱油吃，太香了！喝着茶，吃着羊肉，争着谈论有共同兴趣的话题，知己之乐，莫甚于此。转眼又是岁尾，冬至将临。冬至是一年当中黑夜最长的一天，然后便会反过来，白昼一天比一天长。古人遵循阴阳观，把白昼变长理解成天地间的阳气开始生长，又相信阳气滋生是冬去春回的原因，于是，在传统观念里，冬至这一天便标志着"阳生"。"羊"谐音"阳"，所以就用羊作为冬至节的图腾，最有趣的是明代人，发明了"绵羊太子"的形象——一个骑着羊的可爱小男孩。

（图/麦小片）

# 雨滴和雨滴在大地上重逢

□傅 菲

　　前几日下小雨，我无处可去。找了几根竹篾、一圈麻线、一盒大头针，挖了几条蚯蚓，去溪边钓黄鳝。将麻线绑在竹篾上，另一头绑扎大头针，针头扭成弯钩，穿一条红蚯蚓，抛入溪里。竹篾弹性大、易弯曲，可以弓在溪边石缝里。我抛了五根竹篾，自顾离开，去田野采野花。黄鳝来吃食，吞下诱饵，大头针便会钩住嘴巴，怎么也吐不出来。它便不再游动了。我一刻钟提竿子，查看一次。过了一个多小时，雨稠密了起来，我的雨披流着细沟似的雨水。田畴空无一人，清冷，水雾散了出来。我收了竿子，挽一个竹篮，走田埂路回来。汪汪水田浮起一层淡绿。田埂的荒草也抽了寸芽。回到伙房，鞋子、裤脚、衣袖全湿透了。黄鳝钓了三条。我生了一钵炭火，赤脚架在火钵上。突然觉得很冷，不停地打冷战。我熬了生姜茶，喝下一大碗，又喝了半碗热水酒，身子才暖和起来。雨是那么冷，从毛孔渗透到血液里，由内而外地浸泡了我。

　　雨的冷，是从高空带来的。它的冷，就是天空的冷。我把黄鳝剁成手指长，一段一段，放在砂钵里炖。用生姜、辣椒干、胡椒叶做调味料。炭火红红。我坐在伙房门口，怔怔地看雨。也不仅仅是看雨，也看别的。至于别的，是什么，我也不知道。蒙蒙湿的空气里，我没看到雨，只有一片蒙蒙灰白。我在想什么？我在想人。这个人是谁呢？我也不知道。我想起了去过的一个城市，凌晨下了火车，去到一个酒店，看窗外下了一天的大雪，又回来了。我想起了一首诗，描写栀子花在雨中纷纷飘落，花瓣如鸽子羽毛。我又想起了暗夜疲倦的声音，像破裂的水管爆水。雨中的房墙和黛色的矮山冈，我也看不见。我看见了一张书桌，桌上有一本看了一半的《阿米亥诗选》。书旁边有一个玻璃烟灰缸，烟灰缸里有几个潮湿的烟头和一个空火柴盒。天完全暗了下来，我拉亮灯，起身把砂钵端上餐桌，打开盖子，砂钵里的黄鳝成了木炭。

　　一个下午过去了。一天过去了。雨还没过去。

　　每一场雨的到来，既是对大地的馈赠，也是对大地的清洗。当雨落下来，其实每一滴雨，都是极其孤独的。但大地的繁荣，都是雨的馈赠。雨滴和雨滴在大地上重逢。

（图/徐进）

# 坐慢船去旅行

□王太生

余秋雨说："夜航船，历来中国南方水乡苦途长旅的象征。我的家乡山岭丛集，十分闭塞，却有一条河流悄然穿入。每天深夜，总能听到笃笃笃的声音从河畔传来，这是夜航船来了，船夫看到岸边屋舍，就用木棍敲着船帮，召唤着准备远行的客人。"

那些年，丰子恺喜欢坐慢船去杭州，中间可以在塘栖住一宿，上岸买些糖枇杷、糖佛手；再到临河的小酒馆里去找一处幽静的座位，点几个小菜：冬笋、茭白、毛豆、鲜菱、熟荸荠……烫两碗花雕。"你尽管浅斟细酌，迟迟回船歇息。"如果天上下起了雨呢？那也不必担心，"因为塘栖街上全是凉棚，下雨不相干的"。

船，在一个人年轻的时候，有着不可替代的隐喻，它关于流浪和朦胧的远方。

小时候，我喜欢趴在船闸上去看船，船闸像一只魔盒，大大小小的船，停泊得满满当当。随着一边厚厚的闸门慢慢关上，另一边的门缓缓打开，就像某种审核盖章，不一会儿，放出一条船，又放出一条船……被陆续放出的船，鸣笛几声，"突突"地走远。

我有一段关于长江客船的记忆。那年刚工作，到沪上买衣服和书，头天下午，坐车到一个叫作高港的码头，买四等舱的票，坐申汉班去上海。

申汉班，船体是果绿与白色相间的那种。记得是四五点开船，汽笛一声，景物依稀，故乡远。顺水走，也就是上游往下游，我们在甲板上张望长江风景，发现宽阔的江面上，船其实是贴着江岸在走，在扬子江上航行，卧听汩汩江流，子夜十二点停靠江阴码头。翌日一觉醒来，东方既白，船已到吴淞口附近，紧攥护栏，远眺江岸，见浪头翻涌，水天一色。船像一只大鸭子游入黄浦江，看两岸移动的风景之后，缓缓停靠在十六铺码头。一阵嘈杂和混乱，我们在夹杂着鸡鸭鹅的鸣叫声中，下船。回过头来，与身后那经过一夜航行而暂时停泊歇息的客船挥一挥手道别。

一座城市的繁华，往往从一座水码头开始。二十年前，我生活的长江边的小城，那些从乡村来的小火轮，经过了一夜航行，睡眼惺忪，喷着白烟，徐徐停靠。

水码头流传着动人的传奇：就在收锚解缆，船与岸即将分离时，从岸上传来急切的呼喊。这不是为某篇小说设定的妹妹送哥哥的离别，可以想到从小城起航的小火轮，沿途停靠的那些大小水码头会有多少这样的故事发生。

每一条河流都通往一座热闹的小镇、安静的村庄。船，问候每一个人，将城市的繁华扩散开去。船是河流的插图。有时候，我会怀念船，想坐慢船做一次远行。

(图/孙小片)

# 一条大河的清明

□王太生

一条大河的清明，是在河上和它四边的风景里开始的。

柳风微漾，一只大鸟在大河的上空飞翔，发出激越的嗥鸣，它俯瞰人世，背负青天。这是中国北方的一条河，河床不算宽阔，但水量丰富，两岸商铺林立，舟楫往来。我睁大眼睛，目光如炬，看宋朝的一条大河流，清明时节，人们踏青赏春，人间三月，花树光影，这样的光阴景致，应该是《清明上河图》。

伟大的上河，河水是诗，河岸上的桥、树、房舍，色彩饱和。一条河和一座城以及它的周边，在东方鱼肚白中醒来，醒来的河，在天光云影之中扩散着涟漪。

北方的河流，风清气正，而南方的河流，梨花如雪。南方也有一条大河，在江南温柔的风景里。

《扬州画舫录》里说，清明前后，主人带家厨出绿杨城郭踏青。瘦西湖上，"画舫在前，酒船在后，橹篙相应，放乎中流。传餐有声，炊烟渐上……谓之行庖"。

苏州多水，这些都是水边，某条大河的清明盛宴。

在清明扫墓人群中，走来《浮生六记》中的芸娘，这个聪慧的女人看到地上的乱石有苔藓纹理，斑驳好看，如获至宝，指着石头说："以此叠盆山，较宣州白石为古致。"

梨花风起正清明，每年这个时候，我怀念我的外婆。

我从小是跟随外婆长大的。那时候，外婆对我说，要不是家里失了贼，金戒指、金手镯还有好几副呢。

外婆所说的"失贼"，她那时还在工厂上班。有一天，下班回家，发现大门敞着，锁被人撬了，家里就失贼了，外婆说她手上也就没什么值钱的东西了。"后来，有了你，我就不上班了，回家带外孙喽。"外婆笑着对我说。

每个人的身边都有一条大河。在我眼中，它长达数十公里，连通四周，水量充沛，有开阔的河床和陡坡，有舟来船往，两岸人烟，鸡犬相闻的碧水河道。

外婆过世后，葬在她侄女的乡下，一条大河高岸上，外公在世时，去过一次，既是祭拜，也是为自己百年后选择墓地。他也看中这块水草袅袅的高岸河坡。外公说，这地方好，面朝大河，斜对面是个三汊河湾，有船过来，摇橹的人在船上一仰一合，似在遥遥低头弯腰作揖，一俯一揖之间，船走远。

水边的清明，风和日丽。一条大河，光阴如一湾绿碧春水，故人已去。

我们总在河流边怀念。

（图/孙小片）

# 客不带客

□杨德振

我写过一篇随笔叫《饭局尴尬》，引来一些朋友的热议，他们表示，要想避免饭局上的尴尬，就必须重视传统的礼仪和规矩，还要注意吃相文明、语言得体等。这些观点我都认同，此外，还要注意一个容易被忽视的细节，那就是在别人请客时，不要未经请客之人应允就随便携带自己的熟人、亲朋、客户参加，容易造成场面尴尬，失了团聚的雅兴。

我曾碰到过一个尴尬的场面：一位朋友请吃饭，他邀请的一个客人带了两个熟人一同赴约，说是"临时碰到的"。这两位不速之客，众人并不认识，而且未事先告知请客的人。座位已坐满，大家不好当面拒绝，只好说："挤一挤，多加两张椅子、两双筷子！"这才让临时来的两个人坐了下来。更尴尬的是，这两个人非常活跃，喧宾夺主，总是把别人的话题抢过去，又对请客的人点的菜肴评头论足，弄得请客的人很是尴尬，最后还是带这两人来的那个人出来"打圆场"。一次难得的熟人朋友聚会，最后被临时来的陌生人搅黄了，请客的人事后埋怨那个带人来蹭饭局的朋友，不该把"自己的接待成本转嫁到别人头上"。

类似在饭局中"客带客"的情况，我碰到过几次，最尴尬的一次，是请一个朋友小聚聊天，那个朋友竟带来九个人。我一气之下，直接把单递给那个朋友："你的'客户'你买单，下次我单独请你。"朋友一脸愕然，只能去买单。此事过后，这个朋友与我联系少了。

这种在人际交往中的细节，并不是可以"忽略不计"的小事，它关乎你与朋友之间的关系向度和稳定度，不要随心所欲。朋友请你吃饭，是你俩情分的体现。如果你要带上陌生人一起去，需要事先征求请客人的意见，这是一种尊重和礼貌。如果别人请你一人，你却带去一帮人，就有"你拿别人的饭局，还你自己的人情"的嫌疑，变相增加了别人的负担和交际成本，给人爱占便宜的感觉。朋友相聚，都是熟悉的人，原本可以无拘无束，突然穿插进来几张陌生的面孔，令人难以尽兴。

有句俗话说"客不带客"，指的是别人请你吃饭，在未征得请客人同意的情况下，不要带其他人赴约，这是一个起码的饭局规矩，不要只顾自己随意和痛快，不要小觑这种尴尬场面。在交往中过于大大咧咧或处心积虑占别人便宜的人，容易失去朋友。

不要为难别人，细节、小事可见人品。最好的人际交往和朋友相处之道是有礼有节，彼此舒服。

（图/张翀）

# 蜂园

□盛　林

我们要建一个蜂园。菲里普用最好的松木,做了三幢蜂房,每幢蜂房放十块蜂板,他还在蜂房的底层,做了一排精致的凹槽,只有一厘米高,这是小蜜蜂进出的通道。三幢蜂房搬进林子安顿好后,菲里普砍掉了周围的杂木,防止小蜜蜂出入时被撞伤,他还在蜂房四周,埋下了灭蚁、灭蛾的药丸。这些事完成后,他上网买了六千只意大利工蜂、一只意大利蜂王。

有一天,UPS(美国联合包裹运送服务公司)开进了我家院子,满脸惊恐的邮差像扔炸药包一样,把装了六千只蜜蜂的盒子扔给我,撒腿就跑了。我抱住盒子,便听到了激愤的轰鸣声,难怪那个邮差吓成那样。当然,我也紧张得手脚冰凉,生怕"炸药包"突然爆炸。

那天,菲里普下班,看到了新来的蜜蜂,高兴得大喊一声:"嗨,伙计们!"那天傍晚,他穿上蜂衣,打开蜂房的盖子,请新来的伙计住进了新房子。

从这天开始,我们为蜜蜂提供糖水,这件事要做一个月,为了让工蜂安居乐业,让蜂王早下蜂蛋。供应糖水的事由我负责,我每天早一次、晚一次,配糖水、送糖水。糖和水的比例是一比一,配好后装进玻璃瓶,瓶盖上有一排细密的针孔,把瓶子倒扣在蜂槽上,糖水就像打点滴一样滴进蜂房。小蜜蜂闻到新鲜的糖水味,会迫不及待地飞出来,挤在一起吮吸。

一个月后,小蜜蜂们从野外采回的蜜,足够喂养蜂王了,并有了积余,这时,我们停止了糖水供应。小蜜蜂甜蜜的事业就此开始。每天太阳刚刚升起,它们成群结队飞出蜂房,四下寻找花蜜。

有一天,我和菲里普检查蜂房,菲里普打开了蜂盖,拎起一块蜂板,掂了掂,高兴地对我说:"有蜜,有很多蜜。"我看着四下飞舞的小蜜蜂,欣慰地说:"真是太好了,它们适应新环境了。"没想到菲里普却摇了摇头,他说:"这些蜜蜂都是新的,蜜蜂只能活一个月,一生只酿一勺蜜。"我听了顿生伤感,也就是说,被我捧回家的六千只工蜂,已经全部死去了。菲里普告诉我,蜂王可以活三四年,它的一生就是下蛋,等它下不动蛋时,工蜂们会自动培养新蜂王,新蜂王登基后第一件事,就是把老蜂王处死。但很多时候,老蜂王会及时逃跑,飞向野林,成为一只野蜂。

听了这些,我很惊讶,原来小小的蜜蜂国也有严厉的宫廷演义。

有一天,菲里普要收蜂蜜了,那天,我们足足装了三十瓶野花蜜,每瓶半磅重。小蜜蜂一生只酿一勺蜜,这三十瓶蜜包含多少只蜜蜂的生命?

我认真地想,到底是我们养了蜜蜂,还是蜜蜂养了我们?🐝

(图/兜子)

# 早饭搭子

□宿 亮

在"80后"的父母眼里,早餐的地位神圣不可侵犯,而且吃早餐的场景最好是在家里,并且一定要有鸡蛋和牛奶。所以,我小时候吃早餐,基本上就是这样的剧情反复上演:睡眼惺忪地坐在餐桌边,被煮鸡蛋的蛋黄糊住嗓子眼儿,使劲拿牛奶往下冲。

时间长了,我总觉得鸡蛋和馒头一样,是一种固态的主食。以至于后来看到西餐里煮鸡蛋或煎鸡蛋的标准都是要"流黄",总觉得他们做得不对。

西餐里,"流黄蛋"最有名的用途就是美式早餐里的班尼迪克蛋:在英式麦芬蛋糕上放流黄蛋,浇上一大勺子荷兰酱。根据每家餐厅不同的自我发挥,还可以加上火腿、烟熏肉。所谓荷兰酱,感觉上就像加热了的法式蛋黄酱。如果蛋做得足够流黄,一刀切下去,蛋黄和荷兰酱会裹住下面的肉和麦芬,形成一种混合的口感。一道早餐裹上了英美法荷四个国家,听上去就有点高大上。据说,好多西方人都自称是班尼迪克蛋的发明者。这个状态大致相当于大家讨论鸡蛋灌饼到底是谁发明的。每个地方都有属于自己的独特早餐。第一次去意大利,我坐了一夜火车从罗马到那不勒斯。恍惚中从火车站出来,看到好多当地人在小餐馆门口吃早餐"两件套":一块牛角面包加一杯浓缩咖啡。咖啡杯跟中国人的白酒杯差不多,喝法也是"一口闷"。没有经过牛奶或水稀释的浓缩咖啡,一口灌进嘴里,从舌尖苦到屁股尖。谁说咖啡提神?明明是被苦味叫醒了。

"两件套"的确有些简单。要找复杂的早餐,就得去土耳其,那里早餐上桌是"十几件套"起。各种水果、饼、蘸酱、橄榄、奶酪,能摆上一大桌子,最有特点的是水牛奶酪球。配上一杯郁金香杯装的土耳其红茶,我能从早餐吃到晚餐。

老金是我的前同事。一起上班那会儿,他住北京东面,我住北京南面。同时上早班的时候,我们竟然总是能相聚在单位斜对面的快餐店里。在清晨的快餐店胡侃一会儿,成了上班前最放松的一段时间。有了这样的"早饭搭子",谁又会不吃早饭呢?的确是这样,自从老金辞职,我就没怎么去过那家快餐店吃早饭。

周末的清晨,爸爸说要来看我。我准备给他做顿洋早饭:把牛油果加上松子打成泥,稍稍调味,厚厚地裹在烤吐司上,再撒上豌豆苗。结果,牛油果泥做好了,发现家里没有吐司,更没有豌豆苗……

老爹从包里掏出从楼下买的炸油饼和咸菜,一副得意扬扬的样子。那天早晨,我们爷俩的早饭是牛油果泥厚涂炸油饼,配疙瘩丝咸菜。吃到最后,老爹突然想起来:"早饭怎么可以没有鸡蛋!"

(图/鹿川)

# 城之味

□李 晓

附近的生活是什么？就是在居住地方圆两公里内，那些供养我们日常生活的商场、影院、书店、馆子、农贸市场、店铺……一个人生活在城市，熟悉这个城市的味道，那里肯定有食物袅袅散发出来的勾魂气息，它们组成了城市的胃。但别以为城市的胃是被大鱼大肉灌满的，有时其实是被一些小吃给养着的。一座城，它沉淀于心的影像，如老奶奶的老炉子，在文火里咕嘟咕嘟冒着气儿，在小吃的香气里徐徐浮现。

我在一座城里，有时觉得一天虚度了，就跑到一家小吃店里，吃喝上一碗牛肉米粉、芝麻汤圆、骨头豌豆汤。一碗小吃下了肚，也让我一颗悬空的心落了地。一年之中，我总要去外面旅行一些日子。我去外地行走，最喜欢去那些小县城，去那些小城里的僻塞角落漫游。知道我怎样看一个地方的人生活得是不是从容安定吗？我一般看人的标准是看他是否像鹿那样温良，眉毛平顺而不是杂乱地纠结在一起，鼻毛没粗俗地露出来。而一个地方的小吃，就是它真实气质的一部分。

东北鸭绿江边的一个小城，最高的楼只有八层。我吃到了血肠米粉，就是在猪大肠里灌的血香肠，里面加了坛子里的大白菜，柔和香浓，我吃了一碗后，又叫了一碗。东北的夜里，鸭绿江上泛起的水汽与血肠米粉、海鲜烧烤的气味缠绕在一起，交融着这个小城最生动的生活味道。这个小城在夜里和我是如此贴心，让我忘记了这是异乡。那年秋天漫游在新疆一个小城，那些早早起来打馕的人，唤醒了一个熟睡之城。打馕是一个辛苦的老行当，也是一种民间智慧，一般都是男人上阵。馕的表面还有传承的古老花纹，那是一个叫馕戳的器物，扎在馕的表面，好比打上一个沉沉的邮戳。看那些打馕的男人，让你欣赏到劳动的美，是劳动，让大地上的人生生不息。馕像透明的石榴，一个个摆在烤好的泥坑边，灵动而朴拙，尤其是那种薄薄的馕，俨如烤馕的维吾尔族女人红彤彤的脸，都映照到馕上来了。一个人手拿薄馕吃时，透过馕的中间部分，可以望见街市朦胧的轮廓，这让吃馕的人，恍若人间天上客。有一户卖馕的人家，儿子考上了北京的一所大学，进京的头天晚上，妈妈为儿子烤熟了一袋馕。儿子说："妈，还吃这个呀？"大妈说："不吃这个，吃啥？"儿子到了北京，又开始思念起馕，却吃不到正宗的馕，大妈居然做了馕，坐火车送到了北京。大妈告诉我："这馕啊，走到哪儿也忘不了。"我突然发现，馕在新疆，是一种食物绵延下来的朴素感情，是亲人之间的慰藉，是哺育他们最初的乳汁，也是他们热烈赤诚的心。

那些藏匿在深巷中的美食，那些潜伏在市井烟火里的老饕，在岁月的历练与淘洗中，构成与我命运深深交融的一部分。

(图/豆薇)

# 春风过处

□王畔政

《倚天屠龙记》里，张无忌与赵敏在受伤遇袭之后，死里逃生，能找到的食物只有一锅焦饭："肚里已是咕咕直叫，摸到厨下，只见一锅饭一半已成黑炭，另一半也是焦臭难闻，当下满满盛了一碗，拿到房中。赵敏笑道：'你我今日这等狼狈，只可天知地知，你知我知，实不足为外人道也。'两人相对大笑，伸手抓取焦饭而食，只觉滋味之美，似乎犹胜山珍海味。"此时虽然张、赵二人重伤未愈，身处险境，但因终于化解误会、心心相印，分享的一碗焦饭再难吃，也感觉滋味美不可言。与这段场景相比，之前赵敏遭受张无忌的冤枉却难以自辩，一席同餐却如咫尺天涯，再精美的饭菜也是味同嚼蜡。书中更可堪玩味之处，在于纵然张无忌之前误会赵敏是杀害表妹的凶手，仍然在内心深处对她有无法释怀的爱意，爱恨交织的复杂正是人性的幽微之处。

《笑傲江湖》里，令狐冲在见识到任盈盈的真面目之前，一直将她视为前辈"婆婆"，任盈盈在出场之前，也是各方面做足了铺垫，吊足了读者的胃口。在江湖中统率万人，翻手为云、覆手为雨，行事狠辣果决的妖女，出现在令狐冲面前时却娇羞腼腆，之间的反差形成极大的冲击力。两人共同烤青蛙的场景看似闲笔，却自有旖旎之处："盈盈一声'啊哟'，却原来手中一串青蛙烧得焦了，嗔道：'都是你不好。'令狐冲笑道：'你该说亏得我逗你生气，才烤了这样精彩的焦蛙出来。'取下一只烧焦了的青蛙，撕下一条腿，放入口中一阵咀嚼，连声赞道：'好极，好极！如此火候，才恰到好处，甜中带苦，苦尽甘来，世上更无这般美味。'盈盈给他逗得咯咯而笑，也吃了起来。""甜中带苦，苦尽甘来"像是对烤焦蛙肉的形容，但其实也象征着冲盈爱情的转折变化。其时令狐冲尚未从对小师妹的执念中解脱，甚至在后来对盈盈许诺"我要死心塌地地对你好"时，心里仍有一闪念："难道我从此忘了小师妹？"但因为彼此相知最深，两人仍然许下了特别的"焦饭之约"："只要你不怕我煮的焦饭，我便煮一辈子饭给你吃。""只要是你煮的，每日我便吃三大碗焦饭，却又何妨？"令狐冲对岳灵珊的恋慕是真，和盈盈的生死与共也是真，使得这两段感情虽不完美但更贴近真实。

带有苦涩的烧焦食物，在有情人的蜜语里，终成甜美的回忆，正如虽有波折但终成眷属的恋情，或许比花团锦簇毫无坎坷的爱情更能给人留下深刻的记忆。

（图/张翀）